ただ青くひかる音

「……起きないと、いたずらしますよ?」

「んー……」

　もにゃ、と口の中でなにか言った大智が、もぞもぞと身じろぐ。
そのまま動物のような仕種で形のいい頭を瀬里の腿に載せ、
腹に顔を埋めたまままたすかーっと寝入ってしまった。

ただ青くひかる音

崎谷はるひ

15969

角川ルビー文庫

目次

夏恋ＫＩＳＳ―嘉悦×藤木編―　五
夏恋ＫＩＳＳ―大智×瀬里編―　三七
無条件幸福　七五
胸を焦がせばあえかな海　一三七
あとがき　二三四

口絵・本文イラスト／おおや和美

夏恋ＫＩＳＳ―嘉悦×藤木編―

嘉悦政秀《かえつまさひで》の朝は、意外に早い。

前日の仕事の状況《じょうきょう》にもよるが、大抵《たいてい》は遅《おそ》くとも朝の七時には目を覚ます。そうしてなにをするかと言えば、寝起《ねお》きでまずさっさとトレーニングウェアに着替《きが》え、近くを流してロードワーク。

時間のあるときには、彼の住まうマンションに併設《へいせつ》されたスポーツジムで簡単に汗《あせ》を流し、トータルして小一時間ほど朝からの運動を済ませたのちにたっぷりの朝食だ。

「……元気だよね」

くわ、とあくびをしつつ呟《つぶや》いたのは、このところ暫定《ざんてい》同居人となっている藤木聖司《ふじきせいじ》だ。

嘉悦の職場は、六本木に本社ビルのある、株式会社永善《えいぜん》。海外の現地法人も有する大手商社の役職はかなりの激務だと思うのだが、その体力維持《いじ》のためにもトレーニングは欠かせない、とは嘉悦談。

(いかにもエグゼクティブの朝だなあ)

対する藤木はだらだらと寝間着《ねまき》のままである。こちらの仕事はといえば、湘南《しょうなん》にある『ブルーサウンド』というレストランバーの雇《やと》われ店長だ。最近オーナーが支店として西麻布《にしあざぶ》に『アークティックブルー』という店を出したため、統括《とうかつ》マネージャーとしてそちらの監督《かんとく》と店長業の掛《か》け持ちとなり、広尾《ひろお》にある嘉悦の部屋に短期間だけ住まわせてもらっている。

西麻布店の店長は山下昭伸《やましたあきのぶ》という青年で、しっかり者の彼のおかげで監督業は予定より早くに切りあげることはできそうだが、当面は行ったり来たりの生活だ。

「ねむーい……」

シフトの関係など場合にもよるが、基本的に昼夜逆転生活を送っているため、藤木にとって朝の七時などは、就眠《しゅうみん》時間といってもいい。

ことに昨晩は西麻布店で深夜三時までの営業があり、その後の片づけをしてこのマンションに戻《もど》ってきたのは始発電車だった。じつのところまだ寝《ね》てから小一時間経《た》ったかどうかという状況だ。

コーヒーを淹《い》れて、その芳《こう》ばしい香《かお》りでどうにか脳を覚醒《かくせい》させていると、玄関《げんかん》の開く音がした。いいタイミングだなあと思いつつ、自分の分はカップに、嘉悦の分はたっぷりの氷を入れたグラスに注いでアイスコーヒーにする。

「おはよう。おかえり」

「……なんだ、起きたのか」

軽く息をあげただけで、汗みずくの顔をタオルで拭《ぬぐ》った嘉悦は、切れ長の鋭《するど》い目を軽く瞠《みは》る。

その前にできたてのアイスコーヒーを差し出すと、ありがとうと言って受けとった。

「いつも言うけど、べつに俺に合わせて起きることはないぞ？」

「だって、ここんとこタイミング悪いからさ……」

こうでもしないと顔を見られないじゃないかと藤木が口を尖《とが》らせれば、アイスコーヒーを飲み干した嘉悦が広い肩を上下させて苦笑《くしょう》した。

「まあそれはしかたないだろ。お互《たが》い、出勤時間が逆転してるんだ。特に新店のほうは夕刻からの営業じゃないか」

「そーだけどー……」

コーヒーを啜《すす》りつつ子どものように椅子《いす》の上で膝《ひざ》を抱《かか》え、裸足《はだし》の爪先《つまさき》をもぞもぞさせながら藤木は身体《からだ》を揺《ゆ》らす。嘉悦の指摘《してき》どおり、西麻布の新店は、湘南本店のような昼のカフェ営業をしていない。立地と客層の関係で夜の客が多いため、ラストオーダーは朝の四時だ。

そして企業《きぎょう》勤めの嘉悦は基本は九時六時の会社勤めである。海外出張などに行くことが多い関係から、フレックスＯＫの管理職とはいえ、基本は午前のうちに出社する。

つまり嘉悦が帰宅して就寝《しゅうしん》するまでの時間帯には藤木が仕事、藤木が寝入っている間に彼が仕事と、まるっきり正反対の状態だ。

おまけにその生活時間の違《ちが》いを鑑《かんが》みて、寝室《しんしつ》までべつにしてあるから、場合によれば寝顔さえ見ないまま一日が終わるという見事なまでのすれ違いが起きている。むろん、そんなことは最初からわかってはいたものの、少し寂《さび》しいのも本音だ。

嘉悦と藤木は高校時代の先輩《せんぱい》後輩の間柄《あいだがら》で、お互いに恋《こい》をし、つきあいはじめた。けれど育ちのいい彼はいずれ、つりあう家柄《いえがら》の女性と結婚《けっこん》すべきだと藤木が決めつけ、嘉悦の就職、そして海外研修を機に、いちど別れた。嘉悦はその後、べつの女性と結婚したと聞いたときには胸が張り裂《さ》けそうだったけれど、自分で選んだことだと納得《なっとく》するしかなかった。

十年が経ち、偶然《ぐうぜん》にもブルーサウンドへと嘉悦が訪《おとず》れた。再会から、いろんなことがあって――離婚《りこん》を知らないままだった藤木と嘉悦は相当こじれたりもしたが、けっきょくのところ、よりを戻した。

やっと心おきなく、恋人関係に落ちついたのはつい最近。だがお互い立場のある身で、逢瀬《おうせ》もなかなかままならないのがもどかしい。

「……早く、鎌倉《かまくら》もどりたい」

「こらこら。マネージャーがなにを言ってる」

汗に湿《しめ》ったウェアを脱《ぬ》ぎながら浴室に向かう嘉悦についていき、壁にもたれて拗《す》ねたように呟くと、たしなめるように軽く頭を叩《たた》かれた。

「どうでもいいが、俺はシャワー浴びるから。そこでずっと見てるくらいなら一緒《いっしょ》に入るか？」

「え……」

からかい混じりにちらりと流し目で見られて、藤木は口ごもったまま赤くなる。ひろびろとした裸《はだか》の背中を見せつけた嘉悦の身体は、三十代になっても少しもたるんだところはない。むしろ十代のころよりもみっしりとした筋肉がついているのは、毎朝のトレーニングを欠かさないせいだろう。

(なんだよ、もう……いい身体になっちゃってさ)

受諾《じゅだく》も拒否《きょひ》もできないのは、汗の流れる肌《はだ》に見惚《みと》れていた自分を自覚するせいだ。

生活時間がずれている上、週の半分しかない同居生活ではむろん、あっちのほうも滅多《めった》にない。これくらいなら再会してすぐのころのほうが、よほどあれこれしていたなあ、と思うくらいに清らかな生活だ。

寂しいのは、たぶんそういう部分も含《ふく》めてなのだろうと思う。むろん、セックスばかりが愛情でもないし、そうがっつくほどの歳でもないのは実際にしても。

「ちょ、ちょっと、なに」

「なにって、黙《だま》ってるから勝手に脱がしてる」

無言でうつむいていれば、夏場の寝間着代わりであるTシャツをぺろりとめくられた。展開がわからず焦《あせ》っていれば「はい、ばんざい」と子どもにするように言われてつい両手をあげてしまう。

「……夏だってのに白いなおまえ」

「最近は昼間、外出ないし……あ、ちょっとこらっ」

真っ白だ、などと感心しつつどうして『白くない』ところをつつくのか。慌《あわ》てて女の子のように胸をガードすれば、腰《こし》を抱《だ》かれて髪《かみ》に鼻先を埋《うず》められる。

「少しは運動しろ。このさき、体力は落ちる一方だぞ」

「だからって、あんたみたいに朝から走れないよ」

嘉悦の習慣はどうやら、異様な健康管理を愛するアメリカ時代に身につけたものらしいが、そもそも学生時代には名のある大会に出場するようなサッカー部の部長だった男だ。基本的に、身体を動かすことが好きなのだろうと思う。

「まあ、俺と違って接客業は肉体労働でもあるからなあ。仕事してりゃ充分《じゅうぶん》だろうけど、あんまり痩《や》せるなよ」

「あれ、わかる？」

「そりゃわかるだろ。これじゃあ腕《うで》が回っちまう」

このところの新店本店の掛け持ちで、さすがに藤木は肉が落ちた。五キロ程度なのでたいしたことはないかと思っていたし、とくに嘉悦にも言ってなかったのだが、ウエストに回した感《かん》触《しょく》で知れたらしい。

「……抱き心地《ごこち》悪い？」

「いや？　心配なだけだ」

半ば冗談《じょうだん》、残り半分はけっこう心配で問いかけると、ふっと目元をなごませた嘉悦は額にキスを落としてくる。ちくんという感触に、まだ髭《ひげ》も当たっていないのだなと知った。

（会社、行くんだよなあ）

　まずいかな、と思ったのはその小さな痛みに、背筋がぞくっと来たからだ。お互い上半身は裸のままで、すぐ近くで感じる体温が急になまなましさを伴《ともな》ってくる。

「髭、当たったら？」

「ああ、痛いか」

「っていうかほら。出社するんだろ。早くシャワーで汗《あせ》流して、……ひゃっ」

　このままではちょっと洒落《しゃれ》にならないと、軽い笑い混じりにごまかそうとした身体をさらに強く抱き寄せられた。汗の引ききらない湿った肌に触《ふ》れて、藤木の体温が一気にあがる。

「ちょっと、汗……っ」

「まあ、というわけでおまえもシャワーな」

　なにが「というわけ」だと思いつつ、自分の胸の上に残った水滴《すいてき》を見つめる藤木の顔は赤い。思わせぶりに笑った嘉悦は所在なく下がっていた藤木の手を取り、汗のひどい自分の首筋に触れさせたあと、濡《ぬ》れた指を舐《な》めた。

「か、嘉悦さん……」

「まだ時間はあるしな。一緒に運動するか？」

「なに言ってんの……オヤジかあんたはっ！」

「ああ。三十三の立派なオヤジだが、なにか?」

なにを言おうとさらさらと受け流されて、ついにその憎《にく》たらしい唇《くちびる》は藤木の開閉する口に触れた。軽く吸われて、キスもひさしぶりだと思ってしまえばもうだめで、真っ白な細い腕は嘉悦の背中に絡《から》みつく。

「髭、痛い……」

「じゃ、聖司が剃《そ》ってくれ」

おまけにずるい甘え方をされて、数センチの距離《きょり》でにっこり笑われたらもう藤木の負けだろう。しかしどうにも悔《くや》しいと思いつつ、上目に見ながら「それは自分でやってくれ」と藤木は唇を尖らせる。

「なんでだ?」

「……俺、嘉悦さんが髭剃ってるの好きなの」

時間帯が合わないため滅多にお目にかかれないが、藤木は朝の身支度《みじたく》をする嘉悦を見るのが好きだ。ロードワークの汗を流したあと、すっきりした身体にスラックスとシャツを纏《まと》い、ネクタイを締《し》める前に彼は髭を剃る。シェーバーを使わず、剃刀《かみそり》で手慣れた感じにするすると泡《あわ》ごと落としていく一連の動作が、男っぽくて見惚れてしまう。

「そんなのめずらしくも……ああ。おまえはほんっとに髭生えないよな」

「……ひとの体質はほっといて」

ついでに同性のくせになぜそんなのに憧《あこが》れるかといえば、藤木がまったくといっていいほど髭に縁《えん》がないからだ。身体中の体毛も薄《うす》く、同居人でもあった真雪《まゆき》には「お手入れ知らず」とまで言われてしまうほどだった。

――聖ちゃんて女子よか毛ぇ生えないよね。あたしとかほっといたらぼーぼーよ？

妙齢《みょうれい》の女子が毛とかぼーぼーとか言うなとたしなめたが、聞くような真雪ではない。

「つうか、嘉悦さんだって、俺に髭生えたらやだろ？」

「やだって、なんでだ？　べつに気にしないが」

思わず問いかければ、思いきり不思議そうに問われて逆に驚《おどろ》いた。

年齢《ねんれい》も年齢で、女の子みたいにつるんとした顔では、いずれなくなる日も来るだろう。そんなふうに思っていた自分を笑い飛ばされた気がした。

「似合う似合わないはあるだろうけど、自然現象なんだからいいんじゃないのか」

「……あの、じゃあ。俺に髭生えててもキスしてくれる？」

「するだろ、そりゃ。……というより、なにが訊《き》きたいんだ？」

本気でわからないという顔をした嘉悦に、なんでもないと首を振《ふ》って抱きついた。話の途中《とちゅう》じゃないのかと眉《まゆ》を寄せた彼にかまわず、舌を入れて思いきり吸いつく。

「なんなんだ。……まあ、いいけど。残り二時間ってとこだからな。さっさといくぞ」

「ん……あん、ん？」

そのまま するりと尻《しり》を撫《な》でられ、ゴムウエストのハーフパンツの中に手を入れられる。きゅっと両方を摑《つか》み揉《も》まれて震《ふる》えると、嘉悦はしれっととんでもないことを言った。

「シャワー浴びながらいじってやるから、ベッドに移ったら即《そく》入れさせろ」

「……情緒《じょうちょ》ない課長さんだよ、まったく。というより、なにこれ」

「まだ若いもんでな」

「オヤジじゃなかったのかよ」

寄り添《そ》った腰にはもう熱くなりはじめたものが触れていて、赤くなりつつ藤木もそこに手を伸《の》ばす。お返しにと胸をいじられ、息を荒《あら》くしながらどうにか脱衣《だつい》を済ませるころにはもう、お互《たが》いすっかり淫《みだ》らな感じにできあがっていた。

「……そこ、手ついて」

「ん……え？　あ、ああ」

急《せ》いた手つきで髪から身体《からだ》まで洗うのも、お互いに触れる言い訳のようなものだった。こんな甘ったるい接触《せっしょく》はひさしぶりで、流れ落ちる泡の苦さにもかまわず繰《く》り返した口づけをほどくと、嘉悦は壁《かべ》に藤木を立たせたまま跪《ひざまず》く。

「俺……が、するのに……」

「いいから、感じてろ」

いちばん直接的な部分を口に含まれて、湿《しめ》った髪を撫で梳《す》きながら揺《ゆ》れる腰をこらえる。ひんやりしたタイルの壁に後頭部をこすりつけながら身悶《みもだ》えていると、先端《せんたん》を軽く噛《か》んだ嘉悦がふっと笑った。

「……なに」

「いや。……さっき、髭生えててもキスできるかって言っただろう」

「だから……？」

「いまさらそんなことを訊くのがおかしいと思って」

途中でやめないで、と催促《さいそく》するように腰が揺れる。もう雫《しずく》を滲《にじ》ませはじめたそれを指でいじりながら、嘉悦は根本に唇を寄せてきた。

「いま、さらって……」

「いや、わからないならいいけど。……おまえ、ここも薄いな」

「！　んな……なに……ああっ」

じゃり、と舌で撫でられたのは、性器を包んだ下生えの部分だ。かあっと顔が熱くなり、髪と同じくやわらかで色合いの薄いそこを撫で梳かれ、藤木はかぶりを振った。

（うわ、もう……ばか……）

そんなところにまで口づけられるのに、いまさらなにを気にするのだと言いたかったのだろう。たしかにそれはそのとおりだけれど、こんなときに言わないでほしい。

「も、う……や、だ、そこ、そこっ」

「んん？」

さわさわと薄い茂《しげ》みを撫でられて、腿《もも》が痙攣《けいれん》した。さらに角度を増したそれの先だけくわえられ、すぼめた口から抜《ぬ》き出す動きを繰り返しながらぬらぬらと舌で遊ばれると、たまらなくなってしまう。

おまけにその間、震える尻の間にもゆっくり忍《しの》んだ指が拡《ひろ》げるための動作を繰り返すから、このままではいってしまうと藤木は啜《すす》り泣いた。

「も、出ちゃうと、もたな……い」

「ああ……寝てなかったんだっけか」

いつになく音を上げるのが早いと思ったと苦笑《くしよう》されて、広い肩《かた》を殴《なぐ》った。一度きゅっと吸われて甘い声をあげさせた嘉悦は、もう脚《あし》ががくがくしている藤木の腰《こし》を抱《だ》いて浴室から出た。

濡れた身体を拭《ふ》くのまで嘉悦にやってもらい、こういうときばかりはかいがいしいなとぼんやり思う。藤木がいれば家のことは案外ほったらかしの嘉悦だが、基本的にずぼらなわけではないのだ。

「朝はやっぱり時間なくていまいちだな」

ぐだぐだの身体で向かったのは、藤木の寝室《しんしつ》のほうだった。さっきまで寝ていたベッドに運ばれ、俯《うつぶ》せに寝かせられると、背後から残念そうな呟《つぶや》きが聞こえる。

「いまいち、って、なに……」

「せっかくならもう少しゆっくりしたかったが。……しょうがない、もう少し脚拡げて」

ゆっくりなにをする気だと恥《は》ずかしくなりつつ、腰をあげて脚を開く。ほどなくぬるりとしたものを纏《まと》う指が、軽くいじられて綻《ほころ》んだ場所に触《ふ》れた。

「あ……ふっ、あっ」

「すぐいい？」

「そう、するって……言った、くせにっ、あっ！」

急いたようなことを言ってくれても、結局嘉悦はいつでも余裕《よゆう》だ。他愛《たわい》もなくぐずぐずにされる自分との差は相変わらず縮まらない悔しさに指をうんとしめつけてやれば、喉奥《のどおく》で笑った男が背中にのしかかってくる。

「う――……ん！」

ぐずり、とやわらいだそこに長いものを押しこまれて、藤木は甘ったるくくぐもった声を漏《も》らす。この強烈《きょうれつ》な充溢感《じゅういつ》は強烈で、場合によったら入れられただけでいってしまう。

「……久々だな、これも」

「うん、うん……」

しっかりと奥まで暴《あば》かれて、ふっと息をついた嘉悦の声に頷《うなず》いた。首をねじってキスをせがむと、ゆらゆらと身体を揺らしながら嘉悦が胸を摘《つま》んでくる。

「ふっ、うう、んむっ」

「……うん？　って、こら」

キスをやめられそうになっていやだと拒《こば》み、きゅっと嘉悦の舌を吸ったまま逃がさなかった。不明瞭《ふめいりょう》な声で「吸いつくな」と笑われたけれども、じりじりと奥で動いているそれと同じくらいに舌が欲しい。

「ん……んん……ん？」

けれど、もっと早くと腰を揺すっても、嘉悦はゆるやかに藤木を揺するだけだ。速攻《そっこう》で、などと言っていたのに妙《みょう》にのんびりした動きだと思い、藤木は脚を震わせる。

（なんだろ……なんか……なんだか、焦《じ》れったい）

ゆっくりやさしく動くだけでは、もう物足りない。浴室でのじゃれあいの際に言われた言葉にも、胸を潰《つぶ》すようにいじってくる手にも煽《あお》られて、じりじりと揺れる身体を持てあましてしまう。

「ん、なあ……あ、そぶな、よお……」

「べつに遊んじゃないだろう？」

ぬるり、ぬるりと動く硬《かた》いそれに焦れながら藤木は呻《うめ》く。首をねじり、背後の男を睨《にら》みつけてもおもしろそうに笑われるだけで、それもまったくおもしろくない。

「なんか、やだ、……こんなの」

「激しいほうがいいのか……？」

「ばかっ……」

そのとおりだなどと言えるわけもなく、赤くなった頬《ほお》を枕《まくら》に埋《うず》めた。背骨の隆起《りゅうき》を数えるように指を這《は》わされ、それだけで腰がかくんと揺れてしまう自分が恥ずかしかった。

（ああ、もう、抜けちゃう……）

腰を引かれ、ずるずると内壁《ないへき》をこすりながら去っていく嘉悦の性器に、ぞくぞくした。そのまま、引き出すのと同じほど緩慢《かんまん》な動作で押しこまれると、唇《くちびる》から熱っぽい息がこぼれる。

「ああ、あう……もう、や、だあ」

「うん？」

ほっそりした身体を両手で撫で下ろした嘉悦の長い指が、彼を飲みこんだ尻にかかる。左右のそれをばらばらの方向に動かすようにして揉まれると、みっしりと含《ふく》まされ開ききった小さなそこが刺激《しげき》された。

「ああん、はあん、や、らしいっ……それ、やらしい、よっ」

「いまさらなんだ？　こんなことして」

「――んあ！　あぁあん！」

揉まれる肉に気を取られているところへ、ずん、ときつい突《つ》き上げが来る。身がまえなかっただけにひどく深くまで一気に抉《えぐ》られ、声を殺すこともできないままに嬌声《きょうせい》をあげた藤木の身体が、ゆるゆると揺さぶられる。

（やだ……おっきいの、ぬるぬるしてすごい……っ）

そうしながらまた、嘉悦の長さと太さを思い知らせるようなゆるやかな抽挿《ちゅうそう》が続けられて、もうたまらないとしゃくりあげた。

「も、やだ、ゆっくり、いやあ……！」

「速くするときついだなんだ言うだろうが。よくないのか？」

完全にこれはねだらせたいのだろう。含み笑う嘉悦は意地悪く、ずるずると長く中を苛《いじ》めて、それもまっすぐな抜き差しだけでなく捏《こ》ねるように腰を使ってくる。

弱いところをいつまでもいつまでも、やさしく撫《な》でるようなその動きに感じるのは甘ったるく痺《しび》れるような快さだけだ。けれど、それだけにもどかしく、つらい。

「ああ、いっ……いいから、いいから、やっ……も、もう、ねえ」

「ん……、おい」

我慢《がまん》できない、と腰を揺《ゆ》り動かしたのは藤木のほうだった。吸いこみながらしゃぶるようにそこをすぼめてはゆるめ、もっと、と喘《あえ》ぎながらの細い腰のうねりは次第《しだい》に激しくなる。

「ねえ、これ、して……ぐちゅぐちゅって、音するまで、激しくして……」

はしたないそこを指で辿《たど》り、うんと突いてと涙目《なみだめ》でねだれば、嘉悦はおもしろそうに笑う。

「これはまた……すごいことを言うな」

「……っ、言わせてんの誰《だれ》っ。もう、いい加減、に、ふぁ……あぁっ！」

声が途切《とぎ》れたのは、そのまま激しく動き出されてしまったからだ。卑猥《ひわい》な擬音《ぎおん》語でせがんだ以上の音を立て、穿《うが》つという言葉どおりにされて、藤木はしばし声もなく身体《からだ》を痙攣させる。

「……息しろ、聖司、ほら」

「はひっ……あっ、はああん、いやあ、あんん……っ！」

びくびくと口を開いたまま身体を強《こわ》ばらせていると、背後から顎《あご》を取って気道を開かれた。ひゅうっと息を吸いこんだとたん、自分でもいやらしくて恥ずかしいと思うほどの声が溢《あふ》れて、脚の間で震《ふる》える性器の先から微量《びりょう》な体液が漏れていく。

（いい、すごい、いっちゃう、うしろに入れられて、あそこでいっちゃう）

頭の中はもうその欲求《よっきゅう》だけで、抉《えぐ》られる腰の奥の快楽だけが藤木の身体を支配した。むずがゆく痺れた胸に手を当て、尖《とが》りきったそれをたまらず押しつぶすときゅううっと尻《しり》が窄《すぼ》まってしまう。

それがよくてたまらず、ついには両手で胸をいじりはじめると、気づいた嘉悦に手を取りあげられた。

「あ、やっ、やっやっ」

「こら、自分で触《さわ》るな」

乳首《ちくび》も、このべとべとの性器も嘉悦は触ってくれなくて、ひどいと睨めば目元に唇を押し当てられる。

「っも、じゃあ、さわ、ってぇ……」

「だめ」

「だ、だめってなにっ？　……んん、あ、やだ！」

両の手首をしっかり握《にぎ》られたまま腕をうしろに引かれ、角度の変わった接合に藤木はただ喘いだ。シーツについているのは膝《ひざ》だけ、強引《ごういん》につられた形の上半身は律動に合わせてぐらぐらしているだけで、こんな状態では嘉悦の腰《こし》にいいようにされ、自分で動くこともできなくなる。

けれどその、半端《はんぱ》に拘束《こうそく》されている状態で犯《おか》されているのは、いままでにない種類の愉悦《ゆえつ》を連れてきた。

「あ、すご、ああ、あ……っも、いき、いきたい」

「このままいけばいい」

「や、これや、あそこ……あそこすってっ」

それはいやだと涙声《なみだごえ》で言って、藤木は身悶《みもだ》えながら嘉悦を締《し》めつける。

べっとりと濡《ぬ》れて膨《ふく》れた性器が、射精したいと下からせっついていて、苦しくてたまらない。

（もう、出そう、出したい……大きい手で、ぐりぐり、されたい）

腫《は》れたように赤くなり、先端《せんたん》の孔《あな》をひくつかせるそれは嘉悦の激しい動きに連れて、勃《た》ちあがったままふらふらと揺れ、シーツにいくつもの染《し》みを作った。

「うしろだけで平気だろ」

「やだ、さ、触って……」

挿入《そうにゅう》だけでいかされるのは、愉悦が強烈《きょうれつ》すぎていまだに怖《こわ》いのだ。だから煮《に》えきった脳は羞《は》じらいもなくし、あからさまな言葉を口にさせる。

「嘉悦、さん、嘉悦さんの手で、出させて……っ」

「……聖司？」

もうただ、嘉悦の手で甘く苛められたいという欲望《よくぼう》がこらえきれず、藤木は「あっあっ」と泣きながら口走った。

「ねえ、手で、握って、こすってっ……いっぱい、これ……ぐりぐりされたい……っ」

お願い、お願いと泣きじゃくって訴《うった》えると、ふうっと背後の男が嘆息《たんそく》する。

「おまえはほんとに、どこでこうまで男殺しになったんだか……」

「やあん、も、ね……っあ、あ、あ———……！　あん、指、い……っや、出ちゃう、出ちゃうっ」

「いいようにしてやる……ほら、こうだろう？」

そのまま伸《の》びてきた腕に希望どおりに愛撫《あいぶ》されてしまうと、いくらも持たず藤木は射精した。

「うん、うん……ふぁあ、ああっ、出る……っ」

焦らされすぎたそれは、ぴゅる、と間欠的に噴《ふ》きだしていく。

（出るのに、ぜんぜんいってない……）

しかし少しも終われそうになかった。むしろ、ふだんなら吐《は》き出した瞬間《しゅんかん》冷めるはずの熱はいつまでも体内に留《とど》まり、いっそ苦しいと腰をよじった。

おまけに嘉悦がずるりと腰を引き、体内をいっぱいにしていたあれを抜《ぬ》いてしまうから面食《めんく》らって、藤木は呆然《ぼうぜん》と目を瞠《みは》る。

「え、やだ、うそ……」

「なにがだ、もういっただろう？　あとはつらいからって言っただろうが」

苦笑《くしょう》する男は本当に焦《じ》らしているのでも、意地悪をしたわけでもないらしい。たぶん、体力仕事の藤木に気を遣《つか》って、一度でなるべく長くと思っての今朝だったのだ。

（だったら焦らしすぎんなっての……っ）

嘉悦はわかっているようでわかっていない。大事なものをあっけなく身体から奪《うば》われて、へたりとシーツに突っ伏《ぶ》した藤木は拗《す》ねた声を出す。

「も……ばか……そっち、どうすんのっ」

「まあ、どうにかなるだろう」

おまけにもういいからなどとあっさり引いてしまわれたら、それはそれで腹が立つ。だからむくれたまま、顔も見ないでこう言ってやった。

「嘉悦さんが焦らしすぎたから、なんか、よくなかった……」

「……そりゃ悪かったな」

さすがに失笑は浮かべたが、それでも嘉悦は怒らない。なんでだよ、といらいらしながら、藤木は離《はな》れようとする腕を引く。

「悪かったなって……も……っばか！　なんでそうあっさりすんのっ」

「聖司？」

半端に終わるのもつまらないし、嘉悦を満足させてやれないのも不愉快《ふゆかい》なのだ。それがどうしてわからないのかと思いながら、ふて腐《くさ》れた涙目で藤木はねだる。

「……して」

「無理するな。いいんだから」

なんでそんな顔で笑えるのだろうか。まだ藤木の中にいたときのまま、ぜんぜん硬《かた》そうですごいくせに。

「どうでもいかなきゃ満足しないような歳でもないんだ」

聖司がかわいかったからそれでいい。やさしげに笑って頬《ほお》に口づける嘉悦に、恥《は》ずかしくなりつつもくらくらした。

（あーもうばか。ばかばかばか）

これだからちょっとオヤジだなと思っても鈍《にぶ》くても、骨抜《ほねぬ》きなのだ。無理をして合わせているわけでもなく、ただただ欲しくてしかたなくなるのに、どうしてわからないかといっそ腹が立つ。

「無理じゃないって。……足りてない」

だから藤木は力の入らない膝を立て、彼に向かって腰を突《つ》き出してやる。これで嘉悦のその気が萎《な》えていたら間抜《まぬ》けだと思いつつ、さっきまで好き放題揉《も》まれていた尻に手をかけ、片方だけくっと引いてみた。

「……ねえ、さっきの。いきそこなったんだってば。ここ……嘉悦さんの、おっきいので、いくまで突いて」

「おい……」

「ずんって……それで、されるの好き。中で、いっぱい出されんの……好き……」

ねえ、と淫《みだ》らに濡れきった目で訴えると、ぐっと男の気配が険しくなった。あ、と思った瞬間には腿《もも》を摑《つか》まれ身体《からだ》をひっくり返されて、仰向《あおむ》けに脚《あし》を抱《かか》えられた。

「ほんっとに……こいつは。ひとの気遣《きづか》いを無駄《むだ》にして」

「んっんっ……そ、っちが、焦らす、から、あっ……だろっ」

息もできないような口づけとともにあの熱塊《ねっかい》が押しつけられる。ああ、と思った瞬間、脳の奥まで犯す勢いで突きこまれて、藤木は両脚《りょうあし》を突っ張《ぱ》って仰《の》け反《ぞ》った。

「ふわ、あふっ！　ああ、あうん、や、おっき、さっきより、おっきいよっ」

「……締めつけるからだろうが」

「違《ちが》う、おっきいもん……っあ、いー……っ、いい、いっ」

広い背中に腕を回し、食い散らすみたいに動き回られ、それでも藤木は逃げたりしない。

「い、一緒《いっしょ》に、一緒にいってね……？　ね？」

「っ、ああ、合わせてやるから言え」

「やだ、そっちが気持ちよくないとっ……ああ、あ、やだぁ……」

がくがくするくらいに揺《ゆ》さぶられ、臆《おく》するどころか逞《たくま》しい腰に脚を巻きつけ、煽《あお》るように身体をくねらせた。背中を指先で撫《な》でながら耳を噛《か》んで、甘ったるい声を惜《お》しげもなくあげる。

「ん、もお……好きぃっ……ど、どうしよ……っ」

「いっ……！　こら、聖司」

高ぶりがこらえきれずきつく背中に指を立てる。こうできることがどれほど嬉《うれ》しいのかわからない男は、苦笑して痛いと咎《とが》めるけれど、じゃあお返しに噛んでと胸を反らせば、ぷくりと勃った乳首《ちくび》に舌を絡《から》めてくる。

「やだ、噛んで……っ、痛いのしてっ」

「まったく……はいはい」

甘い刺激《しげき》では保たないからと訴えたのに、歯に挟《はさ》んで転がされた。そのたび、きゅくっと嘉悦を飲んだ場所が窄《すぼ》まって、すでに痙攣《けいれん》じみた動きになるそれを藤木はこらえきれない。

突かれるごとに「いく、いく」と言い続けて、意識はもうろうとしたまま、しまいにはなにを口走っているのかわからなくなった。嘉悦の低い笑いがそのたび聞こえていたので、たぶんかなりはしたない単語を口走ったのだろうと思う。

「中に、出して、はやく……いっぱいっ、いっぱいだしてっ……ぐじゅぐじゅにしてっ」

「っああ……わかってる、から。おまえ、へばらないでついてこいよ」

「あ、ああっ、あっあっあっ！　強いっ、つよ……ああん、いいっ！」

最後には息もつけないほどに腰《こし》を打ちつけられ、濡《ぬ》れて震《ふる》える性器の先を延々撫でられて、結局また嘉悦よりもさきに達してしまった。けれど「つきあえって言っておいたから」と容赦《ようしゃ》のない恋人に、そのまま延々抉《えぐ》られ続けた。

「も、やだ、ああう、……もう、だ、めぇっ」

「だめじゃない。へばるなって言っただろう?」

「む、りっ、無理、いっちゃ、いっちゃったのに、またっ……またいくっ」

あんまりよすぎて、もうつらかった。がくがくと揺さぶられながらも、痙攣したような内奥の動きがいっそ怖くて、お願いだから早く射精して、と藤木はねだりながら泣いた。

「も、やあ……いい！　もういって、いってよ……そこ、だめ、いって、出して……っ」

「もう少し。……だから合わせるって言ったのに、好きにしろって言ったのおまえだろ」

「うう、う……っ、言うから、次から、言う、からっ……ああ、いく、いくいくぅ……！」

そうして自分の発言には責任を持てと、望んだとおり——というかそこまではいいというくらいに『いっぱい突かれてたっぷり出される』羽目になった。

そのころにはすでに声も出ない状態で、脳まで引っかき回されていると思いながら絶頂を迎《むか》えた藤木は、そのままかくんと意識を失った。

＊　＊　＊

「あ、課長おはようございます」

隙《すき》のないスーツ姿の嘉悦が出社すると、部署に向かう途中《とちゅう》の廊下《ろうか》で女子社員が山ほどの書類を抱えてぺこりと挨拶《あいさつ》をした。この春新卒で入社したばかりの彼女は、嘉悦の課に配属されたばかりのいちばんの新人だ。

「ああ、おはよう。……その書類は？」

「企画書《きかくしょ》です。コピー頼《たの》まれたんです。今度の会議に使うやつで」

ふむ、と積み上がったうちの一枚を手に取った嘉悦の前で、彼女は緊張《きんちょう》の面持《おもも》ちを見せる。どうやらコピーだけではなく、作成にも携《たずさ》わったようだと察しつつ、ざっと目を通した嘉悦は頷《うなず》いてみせた。

「よくまとまってるんじゃないか。見やすいし」

「ほ、ほんとですか」

「嘘《うそ》を言ってどうする。……ああ、ただここのレイアウトはもう少しまとめろ。表の下の表記とグラフの数値がかぶって、一見どっちの数字かわからないから」

「はいっ！　気をつけます！」

「ああ。それと、重いだろう。少し持ってやるから、貸して」

「え、いいですよそんな」

「いいから。どうせ行くさきは同じだ」

上司にそんなことはさせられないと首を振《ふ》る手から、嘉悦は半ば以上の書類を取りあげ、長い脚で歩き出す。

「あと、重い荷物があるときは、適当に男性社員に声をかけて、手伝ってもらいなさい」

男女差の問題ではなく、重い荷物を運ぶのに手伝いを頼むことをためらわなくてもいい。そうやんわり諭《さと》されて、褒《ほ》められた嬉しさが隠《かく》せない彼女は「はいっ」と笑顔《えがお》になった。

元気のいい返事に小さく口元を綻《ほころ》ばせると、端整《たんせい》な上司に向けられた親切に対しての感激を顔中にたたえた部下は、紅潮した頰のままで嘉悦のうしろをついてくる。

「あの、あの、課長ってなんかスポーツとかなさってたんですか？」

「ん、どうして」

「背も高いし、力強くていらっしゃるんで……なんとなくです」

上気した頰のまま問いかけてくる彼女の憧《あこが》れのまなざしには気づかないまま、嘉悦はあっさり「してたよ」と肯定《こうてい》する。

「学生時代はサッカーをね。あとは適当にジムにいったり」

「え、でもお忙《いそが》しいのに……時間、どうしてるんですか」

「今日みたいに遅《おそ》くていいときは、朝のうちに走ったりね」

なるほどー、と感心しつつ頷く彼女は、歩きながらそのまま世間話を続ける。

「わたしも彼に運動するように言おうかなあ。最近、疲《つか》れた疲れたばっかりで……ビールばっかり飲むくせにだらだらするから、おなか出てきちゃったとか言うんですよー」

ぷっと口を尖《とが》らせたのは、だらしない彼氏に対しての不満があるからだろう。嘉悦は苦笑《くしよう》して受け流す。

「はは。飲むならそれなりにちゃんと運動しないと。……まだ実感はないだろうけど、三十すぎるとがたっと来るから。ケアは大事だよ」

「えー、でも課長は全然、かっこいいじゃないですか。今日も朝から走ってらしたんですか？」

無邪気《むじやき》な問いかけに、一瞬《いっしゅん》だけ落ちた沈黙《ちんもく》に彼女は気づくことはなかった。

「……そうだね、ちょっと二時間ばかり、汗《あせ》を流してきた」

「わあ、ほんとにタフですねえ……かっこいいー！」

ましてて続く言葉を発する嘉悦の唇《くちびる》が、少し卑猥《ひわい》な感じに笑んでいるのも、背後を歩く部下は当然見ていない。

素直《すなお》な賛辞に喉奥《のどおく》で笑って、嘉悦が自分のデスクについた、そのころ。

「……タフすぎるっつうの……」

グロッキーにベッドへ伏《ふ》したままの藤木は、うんざりした顔で首を振って、気絶している間に出社した嘉悦の残したメモを、怒《いか》り混じりにぐしゃぐしゃと丸めて捨てた。

『ひとを挑発《ちょうはつ》するなら、もう少し体力をつけてからにしろ』

よけいなお世話だ、と真っ赤になりつつふて腐《くさ》れ、出勤時間まで寝《ね》てやるからなと藤木は唇を噛みしめた。

「その前に体格と基礎《きそ》体力の差を考えろっての……っ」

まったく腹の立つ、と思いながら、潜《もぐ》りこむベッドは嘉悦のそれだ。さすがに汗みずくになったシーツを替《か》える暇《ひま》まではなかったらしく、ぐったりした藤木の身体《からだ》を始末して、こちらに運ぶのが嘉悦の時間の限度だったらしい。

——せめて、シーツ洗濯機《せんたくき》に突《つ》っこんでってって……。

出がけにばたばたしている彼に言えたのはそれが限界で、短い昏睡《こんすい》状態に陥《おちい》った藤木が気づけばこのベッドで寝入っていたというわけだ。

（ちゃんと洗濯機回してってたかな……）

まあ言ったことくらいは、いくらあの亭主関白男《ていしゅかんぱく》でもやってくれているだろうと思いつつ、ふかふかの枕《まくら》に顔を埋《うず》めると嘉悦のにおいがする。

ふわっと鼻先に感じたそれだけで、結局は怒《おこ》りきれず唇をほころばせた藤木は目を閉じる。

そのますますとんと落ちた眠《ねむ》りは、午睡にしてはあまりに深く、甘かった。

END

夏恋ＫＩＳＳ―大智×瀬里編―

夏の朝、窓辺からさす光が乱反射する天井《てんじょう》は、真っ白で高い。

目覚めたあと、ぼんやりとこの見慣れない天井を眺《なが》めるのがこのところの宮上瀬里《みやがみせり》の日課になっている。

（あー……そっか。聖司《せいじ》さんが部屋空けてって……お店の上に、引っ越《こ》したんだっけ）

ぽやんとした顔のまま反芻《はんすう》する事実に、口元がゆるむ。もともと藤木《ふじき》が使っていた部屋に瀬里が越してきて、まだ馴染《なじ》むには早い一週間目。

瀬里の瞼《まぶた》には、大学時代の四年間をまるまる、その後も数年暮らしたあの小さいアパートの天井がすっかり目に焼き付いている。おかげでこうして寝ているといまでも木目の染《し》みまで思い出せるほどだ。

ただ、圧倒《あっとう》的に違《ちが》うのは新しく買い入れた広めの寝具《しんぐ》の寝心地《ねごこち》がいいことと、それから――あまりにナチュラルに、隣《となり》に恋人が横たわっていることではないだろうか。

その当人である中河原大智《なかがわらだいち》は、しっかりと瀬里の腰《こし》に腕《うで》を回して熟睡《じゅくすい》している。

（いつの間に、って感じ）

昨晩、瀬里とはシフトがずれた大智がこの部屋に来て、もう眠っていた瀬里のベッドに潜りこんできたことは覚えている。

けれど、お互《たが》い連休前の過剰《かじょう》シフトにくたくたで、ただ一緒《いっしょ》に眠っただけだった。

そう、瀬里は定休日である今日から三日間の連休なのだ。

瀬里と大智の勤めるブルーサウンド湘南《しょうなん》本店は、立地のよさもあいまって、夏はかき入れ時になる。なにしろ目の前にはずらりと海の家が建ち並び、海水浴客でごった返す季節だからだ。

そのために先週はシフトをつめこんで働いた。ようやく今年入ってくれた新人も使えるようになってきたけれど、その指導にあたるのも、真雪《まゆき》と並んでチーフになった瀬里の仕事となっている。

(聖司さんもやっと西麻布《にしあざぶ》から手が離《はな》れたのに。なんか慌《あわ》ただしいな)

むろん、任された仕事は精一杯《せいいっぱい》やるけれど。ひとに教える難しさというのは、実労働よりよほど疲労《ひろう》を覚えるものだなと思いながらもそもそ起きあがり、最近知ったばかりの肩《かた》こりの残る肩を軽く回す。

「……んに」

身じろいだせいで、振動《しんどう》が伝わったのだろう。大智が寝ぼけたような声を出して、瀬里の腰に絡《から》んだままの腕を強くする。シーツに散らばる長い髪《かみ》をそっと梳《す》いて、この感触《かんしょく》もひさしぶりだなと瀬里は小さく笑った。

「大智さん？　朝ですよ……？」

「んん」

そろそろと頭を撫《な》でながら声をかけ、広い肩をさする。この起こし方はかつて、大智に教えてもらったものだ。

深い眠りにあるときに強引《ごういん》な方法で——たとえば大声をあげたり激しく揺《ゆ》すったり——起こすのは、じつは脳の覚醒《かくせい》にはむしろよくないのだそうだ。だからこうして静かに声をかけ、ゆっくりゆっくりと目覚めさせながらのほうが、実際には起きてからのすっきりした感覚が違う。

「ほら。ご飯食べに行くって言ってたでしょう。起きて」

この連休を瀬里が楽しみにしていたのは、大智とシフト休みを合わせたこともむろんある。基本は常勤面子《メンツ》はばらばらに休みを取るようにしているのだ。定休日はもちろん全員休みになるけれど、週半ばの一日だけの休みでは、雑事に追われてなかなかゆっくりできることもない。

——じゃあ今度、遠出まではしなくてもいいけど、ふたりでのんびりしようか。

新しくできた海岸沿いのカフェに、偵察《ていさつ》を兼《か》ねて朝食を食べに行こう。ついでにそのままデートにしようか、と言ってくれたそれが瀬里は楽しみで、だから今日まで頑張《がんば》ったのだ。

(起きないなあ……しょうがないか、遅番《おそばん》であがったの、二時だもんね)

とはいえ、どうでも出かけたいわけではない。瀬里はそもそも寺社仏閣を見て回り、散歩をするのが最大の娯楽《ごらく》というタイプで、賑《にぎ》やかな街や派手な店にもさほど興味があるわけではない。

ただ、大智が自分のために時間を作ってくれると、そうして気遣《きづか》ってくれたのが嬉《うれ》しかったのだ。

近ごろ、曾我《そが》の仕事のお供でしょっちゅう店を空けることが増えてきた大智の顔は、ますます精悍《せいかん》さを増したように思う。うっすらと浮いた髭《ひげ》や疲《つか》れの残る目元にも触《ふ》れたあと、瀬里は声をひそめたまま言った。

「……起きないと、いたずらしますよ？」

「んー……」

もにゃ、と口の中でなにか言った大智が、もぞもぞと身じろぐ。そのまま動物のような仕種で形のいい頭を瀬里の腿《もも》に載せ、腹に顔を埋めたまままたすかーっと寝入《ねい》ってしまった。

（う……かわいい）

最近瀬里は知ったのだが、どうもこの大智の思いっきり甘ったれたような仕種に弱い。子どものようにじゃれつかれると、ずっと頭を撫でていてあげたくなるのはなぜだろう。

（和輝《かずき》のちっちゃいころみたい）

たぶん本人に言えば憤死《ふんし》ものの、そして和輝にしても激怒《げきど》もののことを内心呟《つぶや》きつつ、妙《みょう》な首のねじれをみせたまま熟睡している大智の頭を膝《ひざ》からおろし、枕に載《の》せてそっと仰向《あおむ》けに変えてやる。

「――ぷす」

「あははっ」

呼吸しやすい体勢になったとたん、大智の高い鼻から本当に犬のような寝息が漏《も》れて、思わず笑ってしまった。そしてひとしきり端整《たんせい》な顔をいじって遊んだあと、ふっと思いついて、顔を屈《かが》める。

「ん……？」

ちょい、と触れて離れた唇《くちびる》に、乾《かわ》いた感触が残った。興が乗ればどこまでも淫《みだ》らに器用な大智の唇は今日は軽く開いたままおとなしくしていて、それがちょっと新鮮《しんせん》だった。つきあいだしてだいぶ経《た》つけれど、相変わらず瀬里からなにかを仕掛《しか》けることはない。それはそもそも軽いじゃれ合いのつもりであれ、大智にこの手のアプローチをすれば、間違《まちが》いなくエッチな方になだれこんで泣かされるからだ。

（今日は寝てるから、おとなしい）

ちゅ、と小さい音を立ててもう一度口づけると、いままでどう動かそうと起きなかった大智の目が静かに開いた。

「あ、起きた。おはようございます」

「……おはよ」

寝起きのかすれきった声が、妙になまめかしかった。どきどきしつつ、自分のしていたいたずらに照れながら瀬里が小さく笑うと、長い腕が首に巻きついてきた。

「あ、ちょっ……んん」

「んー……」

そのまま深く口づけられると、ちくんと頬《ほお》のあたりが痛かった。大智の髭が当たっているのだと気づいてかあっと身体《からだ》が熱くなる。啄《ついば》むような動きのたびにちくちくするそれが、妙に男くささを感じさせてなまなましかった。

「ん……ふ……んん？」

おまけに、いつまで経っても終わらない。気恥《きは》ずかしくも甘いおはようのキスのつもりが、次第《しだい》に深く嚙《か》みつくようにされて、ちょっとこれは、と瀬里は焦《あせ》った。

「ふぁ、だ、大智さ……んむっ」

ちょっと待ってと言うつもりで口を開けると、ぬるっと舌が入りこんでくる。しまったと思ったときにはすでに遅《おそ》く、がっちりと腰を摑《つか》んでのしかかられ、爽《さわ》やかな朝に交《か》わすにはあまりにも濃《こ》い口づけを見舞《みま》われてしまった。

（わ、だめ、だめだめっ）

身じろいで逃げようとすれば、大智の膝頭《ひざがしら》が瀬里の脚《あし》を割り開く。うそ、と思っている間に腿を挟《はさ》みこむようにされて、ゆっくりとそれをスライドされたら、もうだめだった。

「あ……あっん！」

「……おはよ、瀬里ちゃん」

くんっと仰《の》け反《ぞ》って長いキスを振《ふ》りほどき、甘ったるく濡《ぬ》れた声をあげると、卑猥《ひわい》に腰を動かしている大智が笑《え》み含《ふく》んだまま告げる。

「おは、よって、あっ……なに、なにしてんですかっ」

硬《かた》い腿でいたずらされながら喘《あえ》いでいると、けろりと言う大智の指は、ぷつぷつとパジャマのボタンまではずしだした。しかも下から三つをはずしたところで面倒《めんどう》になったように、両手をつるりとした腹部から這《は》わせ、なだらかな胸をまさぐってくるから本気で焦る。

「や、ちょっ……大智さん、なに？　なに？」

「ん？　なにって？」

膨《ふく》らみもなにもない胸だけれど、まだ少年のやわらかさを残した瀬里の肌《はだ》は、厨房《ちゅうぼう》で硬化《こうか》した男の手にかかればあまりに脆《もろ》い。薄《うす》い肉を揉《も》むようにされ、きゅうっと尖《とが》った乳首《ちくび》をかすめるかかすめないかという具合にいじられると、本気でのっぴきならなくなってしまう。

「あの、あの、まっ……待って。なにするんですか？」

必死にそれ以上の進入を阻《はば》もうと、瀬里はパジャマの裾《すそ》を引っぱり、大智の手のひらを押さえこむ。だがそんな妨害《ぼうがい》にめげる様子もないまま、もにゃもにゃと指先だけで胸をいじる大智はけろりと言った。

「だって、起き抜《ぬ》けにかわいいことするからさあ……スイッチ入れたの瀬里ちゃんじゃん」

「か、かわい……って」

「これ」

言いながら大智はんちゅっと音をたて、瀬里の唇を啄む。自分がしたのもそのくらいだった。軽く触れあうだけの、じゃれるようなキス。

「え、え、だってっ、べつにキスだけで、い……っあ、ああ」

「んー。俺はたりないの、ごめんね」

「なん、……ん、ん、なん、でぇ……？」

そのまま、本当にかぷっと口に噛みつかれた。はぐはぐと角度を変えて肉のやわらかさを味わうようにめいっぱいのキスを受けて、口の中をうんと舐《な》められると、瀬里はもうぐったりになってしまう。

いまはまだ、朝なのに。

ベッドが狭《せま》くて、それでも長い腕に抱《だ》きしめられたまま目覚めて、穏《おだ》やかな恋人《こいびと》の寝息が嬉しくて。それだけですごくほのぼのと幸せでいたはずなのに、――真っ白な光の中で瀬里の乳首はもう尖りきっていた。

それだけじゃなくて、濡れてとろとろ光っている。大智が、めくりあげたパジャマに顔を突《つ》っこむみたいにいやらしく、舐めるから。

「ま、真雪……は、ま、ゆっ」

「あいつは早朝から海に行くっつってたっしょ。今日はいちにち帰ってこないって」

もうひとりの同居人がいるせいか、なかなかふだんはこんないたずらもできない。彼女の不在を狙《ねら》ってのセックスは、それでも大抵《たいてい》はこの部屋ではなく、どこかに出かけるなりして、というパターンが決まりきっていた。

それは瀬里がやはり、真雪の気配の残る家では恥《は》ずかしがるせいで、そうそう露骨《ろこつ》に出かけるというのも気が引けて——同居してからこっち、この手のことはかなり間隔《かんかく》が開いていた。

「だから、平気だから……ね？」

「ね、ねって……あ……っん、や、あん……！」

このチャンスを逃《のが》してなるかとにんまり笑った大智に、瀬里はただ茹《ゆ》であがる。

(だからって、なにが⁉　なんでこんなやらしいことされちゃってんの⁉)

摘《つま》みあげるみたいにした小さな突起《とっき》を舌ではじかれながら、もじもじした脚にも大きな手のひらがかかる。身体はまだ半分眠りを引きずっていて、お互《たが》いにすごく緩慢《かんまん》な気がした。それだけに理性のブレーキがいまいちゆるくて、脱《ぬ》がされることに抗《あらが》いきれない。

「あぅ、あ、あっ」

下着ごと膝までずり下ろされたパジャマを全部脱がすことはしないまま、ぐっと身体が折りたたまれる。ほの明るい部屋の中、もう恥ずかしいことになってしまった場所が、大智に全部見えてしまう。

「あ、はぅん……っ！　や、いき、なりぃ……」

けれど、瀬里の期待を裏切るように、高ぶった性器に触《ふ》れられることはないまま、いきなりうしろに触れてくる。まだ眠気《ねむけ》を引きずる身体はすっかり弛緩《しかん》していて、いつもよりずっと簡単に、濡らしただけの指を一気に飲みこんだ。

「あっれ……なに、とろとろ?」

「あっ、あっ、あっあっ……やだ……!」

内側から性感を煽《あお》られるのには弱い。性器を中からぐいぐいいじられているような強烈《きょうれつ》な愉悦《ゆえつ》は、ほかのなににも代替《だいが》えできない甘さと毒性を持っていて、瀬里はもういきなり叩《たた》きこまれた官能の渦《うず》に溺《おぼ》れてしまう。

けれども、窓の外ではこれから通学する小学生の元気な声や、朝の挨拶《あいさつ》を交わす奥さんたちの声がかすかに聞こえてくる。

店に勤める自分たちとは違《ちが》い、世間は今日は平日だ。時計を見れば、通常これからしゃっきり清潔な顔をして、学校に行ったり仕事をしたりする時間帯で、それなのに瀬里の腰《こし》の奥には、大智の指が深く挟まり、いやらしい動きで中を攪拌《かくはん》している。

「はふっ……あ、さ、……のに、朝、なの、にいっ」

「朝がなに?」

こんなのしちゃいけないと思う、と言いながら、うしろをかき回す指がどんどんすごいことになる。ローションを足されて、てろりと濡れた指はもう三本入っていて、中から瀬里のあそこを拡《ひろ》げ続けている。

（ゆび、指があそこ……なんか、ぐちぐちってされてるの、すごい）

ぬちゅ、ぷちゅ、と音がして、その間隔がどんどん狭《せば》まって、しまいには瀬里の腰も浮《う》きあがってしまうけれども、往生際《おうじょうぎわ》悪く太い腕を摑んで懇願《こんがん》してみた。

「はっ、はう……こん、な、こと……だめ、……ご、ご飯食べましょうよぉ……」

「うーん、あんま腹減ってない。それよっか、瀬里ちゃんが食いたい」

「ひいんっ」

ぐりぐりぐり、と中で指を回されて、瀬里の性器がさらに強《こわ》ばった。二つ折りにされた足の先がぴんと伸びきって、恋人を蹴《け》りそうになる。

「う、うあ、やーっ！」

「うおっと、あぶね」

焦った、と呟《つぶや》き、絡《から》みついたパジャマの布ごと大智が抱《かか》えあげた。膝《ひざ》をひとまとめにされて足首を肩《かた》に載《の》せられると、腿《もも》が閉じたままの状態になって——中がきゅんきゅん、締《し》まってしまう。

「あ、だ、め、そのままいじっちゃだめぇっ」

「なあ、……なんでそんないやがるの？」

朝っぱらからという理由だけじゃないだろうと顔を覗《のぞ》きこまれ、瀬里は震《ふる》える声で訴《うった》えた。

「だ、あっ、……や、約束……っ」

「なんか、出かける約束とかあるの？」

尻《しり》の奥と乳首をいじりながら問う男に違う違うと首を振り、瀬里はしゃくりあげた。

「だ、いちさ、……ああん！　大智さんがっ、いっ……ひっ……そこぉ……」

「ん？　ここ？　……って、え、なんか俺、約束してた？」

ようやく覚醒《かくせい》してきたのだろう、とろりとしていた目を瞬《またた》かせた大智は、瀬里を触《さわ》る手は止めないまま、首を傾《かし》げてみせる。

「はひ、はっ……あ、こんどっ、休み、い……一緒《いっしょ》に、な……たら、海でご飯……っ」

「え。ご飯？」

場に不似合いな暢《のん》気《き》な表情と声に、瀬里はしゃくりあげながら言った。しばし考えこむような顔をしたのち、大智はようやく思い出したらしい。

「あ、……あー！　そっか。そうだった。朝飯食いに行こうっつったんだっけ」

「だ、からぁ……だからっ、い……っ、言って、たのに」

涙目《なみだめ》で見あげた大智は少しばつの悪そうな顔をしていて、いまさら正気づいても遅《おそ》いと、瀬里はぎろっと睨《にら》んでやる。

「ごめん、えっと……やめ」

「こんなにして、やめちゃやだっ……」

いまさら反省したって遅い。もう身体《からだ》の中はぐにゃぐにゃになって濡《ぬ》れているし、挟《はさ》みこんだ指を吸うみたいに動いている。脚《あし》の間ももう痛いくらいに勃《た》ちあがってしまって、このままほったらかしにでもされたら、おかしくなるしかない。

「やめたら今日、もお口きかないから……っ！」

「う、それはちょっと……じゃ、その、一回だけね？」

眉《まゆ》を下げたまま笑う大智は嬉《うれ》しいのか困ったのかわからない顔で、それでも音を立ててキスをされれば、いつまでも怒った顔はできない。

「させて、瀬里ちゃん。お願いします」

「ううう……ばか……」

「あはは、ごめんねえ」

ぐすぐすと洟《はな》をすって恨《うら》みがましく呟くと、反省の色のない顔で謝られる。脱力《だつりょく》した瀬里は半ばあきらめを覚え、身動きの取れないパジャマを脱がせてくれとせがんだ。

「もう、このかっこ、く、くるし……」

「あー、ごめんね……ちょっといい感じなんだけどビジュアル」

「やだ、動けない、ですっ」

惜《お》しがる大智をきっと睨み、抱えあげたままの脚も下ろしてもらって、ようやく深く息をついた。ぐったりした身体から邪魔《じゃま》な衣服を剥《は》がされた瀬里は、拗《す》ねた顔のまま大智の寝間着《ねまき》代わりのTシャツに手をかける。

「……ちゃんと、脱いでください」

「はいはい、ごめんごめん」

毟《むし》るようにTシャツを奪《うば》って、広い胸に抱きついた。ぴったり寄り添《そ》い、尖《とが》った乳首《ちくび》を硬《かた》い胸に擦《こす》りつけるみたいにじりじりする肌《はだ》を触れあわせた。

「な……これ、触って」

「っあ、わ、うわ」

長く甘ったるいキスをもらいながら、長い脚の間を触らされてびくっとする。

(な、なにこれ、おっきい)

真っ赤になってうわずった声をあげるのは、それがあまりに硬くて大きいせいだった。こんなに、と上目に見た大智は、照れくさそうに笑っている。

「はは……これなんで、ちょっとがっついちゃった」

「う……もうっ……」

触れるのははじめてではないけれど、明るい場所で握《にぎ》らされたそれが恥ずかしい。手のひらがくすぐったいような甘さを覚えて、胸をいじってくる大智へのお返しにおずおずとそれを擦ってあげた。

「なんで、こん、こんなに……」

「んん、朝だから?」

「にしてもっ……あ、は……ん、あ、あ、あっ」

とぼけたことを言う大智にのしかかられ、左胸をしつこく吸ったり噛《か》んだりされた。その間にも、性急に尻の間だけをほぐされ続けて、きつく強ばった脚の間が苦しくなる。

「う、しろだけ、やあ……っ」

もう我慢《がまん》できない、と自分で性器を握って、「触って……」と啜《すす》り泣きながら瀬里は腰を上下に跳《は》ねさせる。

「我慢できない?」

「ん、ん、……あ、ふぁあん!」

じりじりと腰を揺《ゆ》すっていると、にやりと笑った大智がその手の上から大きな手を重ねてくる。おずおずとした動きしかできなかった瀬里の手ごと激しく上下されて、タガのはずれたような悲鳴が漏《も》れる。

「うう、ふ……っや、いやあ……」

恥《は》ずかしい、とかぶりを振《ふ》ると、自分の漏らしたもので濡れた手を取りあげられる。そして大きく開いた脚の間に顔を伏《ふ》せられ、あ、と思うより早く、過敏《かびん》な性器がくわえられた。

「あ、ふあっ、あっあっ……んんん!」

今日は本当に容赦《ようしゃ》のない愛撫《あいぶ》が次々落とされて、瀬里はもうどうしていいかわからない。ねっとりとした口の中でそれをいじめられ、にちゅにちゅとそのたびに大智の指が小刻みに動いて、指でいっちゃいそうだと啜り泣けば焦《じ》らされた。

「はふ、は、あ、うぁ!? や、やだ、いたっ……」

「……これ、ど?」

じゃり、という感触《かんしょく》がして目を瞠《みは》ると、意地悪く笑った大智がとんでもないことをしてくれていた。かあああっと顔が熱くなって、信じられないと瀬里はかぶりを振る。

「や、や、髭《ひげ》……ち、ちくちくする」

「よくない?」

いやいやをするように拒《こば》んだのに、わざとまばらなそれを押しつけられた。過敏な粘膜《ねんまく》にいたずらされて、瀬里は半分泣きながらじたばたと暴れる。

「あう、い、いたい、いっ……あ、やあう」

「……ってわりに、萎《な》えてないけど」

「やだっ、や、……先のとこはだめっ……、あ、あ、ん!」

恥ずかしいことをしないでほしい。くすぐったくむずがゆい刺激《しげき》のせいでふだんよりうんと高ぶっているけれど、痛いのも本当なのに。

「も、や……しないで、くだ、さ……っ」

「ん、じゃあ、こっち握って」

なんでもするから許してと泣くと、もう一度大智のあれを握らされた。さっきよりも少し濡れていて、片手では支えきれないくらいに大きくなっている。

「も……おお、き……」

「ん、そう……ぎゅっとして、て」

「は、はい」

そのままね、と言って両手で作った輪の中を大智の性器が犯《おか》してくる。腰《こし》の動きがいやらしすぎて、こくんと息を呑《の》めば、かすれた声で耳を噛まれた。

「あー……悪い、やっぱすぐ入れたい、かも」

その声にも、手の中を嬲《なぶ》られている事実にもくらくらになって、瀬里は一も二もなく頷《うなず》いた。

「んん、んん、……いれて……あん、いれ、てっ」

そしてはしたないくらい脚を開かされて、もう待てないと腰をあげたのは瀬里のほうだ。濡れた粘膜同士が合わさった瞬間《しゅんかん》びくっと震えて、それでも尻の肉を押し広げる手に抗《あらが》わない。馴染《なじ》ませるみたいに何度か押しつけられ、喉《のど》がひくひくする。

(早く、はやく……っ)

入り口で何度も先端《せんたん》を出し入れされると、奥がじりじりと痺《しび》れるようだ。焦れったくなりながら瀬里の細い腰はもじもじと揺れ、その息継《いきつ》ぎのタイミングを見計らったように勢いをつけて腰を突《つ》き入れられると、自分でも卑猥《ひわい》としか言いようのない声が溢《あふ》れていく。

「ふは、あ……あー……ん！」

「う、んっ……っあ、マジ、今日、すんっげやーらけー……」

まとわりついてくる、と吐息《といき》混じりに呟《つぶや》く大智の言葉どおり、信じられないくらいなめらかにそれが入りこんだ。試《ため》すように腰を動かしたそれがそのまま、すぐに激しい抽挿《ちゅうそう》に変わり、瀬里は「あっあっ」と泣きじゃくる。

今日の大智は最初からすごく激しい。肉の当たる音がするくらい、強く押し入られて抜《ぬ》かれて、そのたびに腰が疼《うず》いてどうしようもなくなる。

（なんか、いつもと違《ちが》う……っ。なんで？）

それが、まだ眠気《ねむけ》を引きずるせいでふだんよりとろりとした自分の身体のせいとはわからず、瀬里はしゃくりあげながら細い脚を痙攣《けいれん》させた。

「んふうっ、んっ、んんっ」

さきほど意地悪をした髭を舌で辿《たど》り、その舌を追ってきた大智にキスをされると、ちょっとだけ自分のにおいと味がした。なまなましいそれに少しだけ顔をしかめたけれど、拭《ぬぐ》い取るように動く器用で大きな舌の愛撫に、すぐに気にならなくなってしまう。

なにより、身体の奥の奥では、甘ったるい快感だけを与《あた》えてくる大智のそれがずっと動いていて、恥ずかしいくらい開いた脚の苦しささえ、もう瀬里にはわからない。

「気持ちい？　瀬里ちゃん、どう？」

「き、かないで、も……っあ、す、っごい、よぉっ」

「はは……瀬里ちゃんの中も、すげえよ」

しがみついて揺さぶられながら、脚《あし》の間で震《ふる》えるものも揉《も》みくちゃにされる。ちらっと視線を流せば、自分の中に大智が出入りするさまとその手前でいじられる性器を見てしまって、かあっと頬《ほお》が紅潮した。

「やあ、んっ、すごっ、あー……！」

「うお、ととっ……せ、瀬里、ちゃんっ」

ふだん薄暗《うすくら》がりでしか認識《にんしき》できなかった光景を、まざまざと目《ま》の当たりにして興奮した。いやらしいとしか言いようのない色で、形状で、状態で、音。

（あんなことして、あんな、あんなに動いて……おっきいのが）

出たり入ったり、突いたりされて、こんなに気持ちよくなる。そう認識したとたん、瀬里はもうタガがはずれたように腰を震わせ、小さな尻《しり》を収縮させてしまった。

「はあっ、はあっ、あーっ、ああん！」

なんでこんなことになっているんだろう。頭の半分ではまだ、状況《じょうきょう》についていけない気分も残っているのに、いまはもうただ中を抉《えぐ》る大智に夢中で喘《あえ》ぐしかできない。

「きもちい……いいっ、いー……っ」

「う……なん、すげ、びくびくして……っあー、やっべ」

唸《うな》った大智が、ひときわ強く腰を打ちつけてきた。背中に爪《つめ》を立てた瀬里は曲げた膝《ひざ》を突っ張《ぱ》り、大智に向けて腰を押しつけるようにうねらせてしまう。

「だい、ち、さんっ……大智さん、ああ、ああ、……だめぇっ」

「せ、瀬里ちゃん、すげえよ……出ちゃいそう、気持ちいい」

「だって……いー……っい、ちゃう、いっちゃううう」

激しく突きあげられ、揺さぶられて、たまらないと瀬里はしゃくりあげる。

朝なのに。明るいのに。こんなに奥まで入って、こんなにいやらしく揺さぶられている。その事実にも感じてしまって、もうだめ、と瀬里は叫《さけ》んだ。

「あっ、だめっ、いくっいくっ……あ、あああ！」

がくがくするくらいに突きまくられて、頭の中まで快楽に溺《おぼ》れながら瀬里は達した。火照《ほて》った肌《はだ》は薄桃《うすもも》色に色づき、その上に飛び散った瀬里の体液が白く浮《う》きあがる。

「あー……すっげ、瀬里ちゃん、エロ……」

不規則に痙攣する身体《からだ》の中では、まだ大智が動いている。戻《もど》れない絶頂感に怯《おび》えて、瀬里はびくりびくりと四肢《しし》を跳ねさせながら泣き声をあげた。

「う……んっ、あ、や、やん、も、突いちゃ、だっ……あん、あん！　も……もういって、いって、お願いっ」

「だいじょぶ、もう、出る……っ」

淫靡《いんび》な光景に目を細めながら、大智もまた、瀬里の性器をいじる動きに同調しながら腰を振《ふ》り、互《たが》いの放出が途切《とぎ》れるまで、ゆるゆると余韻《よいん》を長引かせた。

「あっ、あっ、んん……中、に……っ」

「ん、全部……っは」

ぴゅ、ぴゅ、と断続的に内壁《ないへき》へぶつかる粘液《ねんえき》を感じとり、瀬里は震えあがる。全部を飲みこむまで大智は腰の動きを止めてくれないから、びくびくと長いこと震えてしまった。

「あー……気持ちよかった」

「も……もお……！」

ずしりとのしかかられて、本当に気持ちよさそうにため息をついた大智の声に、文句を言っていいのか笑っていいのかわからなくなる。

「大智さん、抜いて……ちょっと、苦しい」

「ああ、ごめん」

なにしろ正面から抱《だ》きあって大智を受け入れるには、瀬里はかなりすごい体勢をしなければならない。気持ちよさに紛《まぎ》れている間はいいけれど、関節の限界まで開いた脚や折り曲げられた状態の腰が、長いこと続くとさすがにつらいのだ。

「んん……」

そろり、と抜け落ちていく大智の感触に震える。ゆっくり引いていく性器を追うように瀬里の中が閉じていき、こぷりと音を立ててそれが体外に出ていったあと、中に残されたものが溢れた。

(なんか、いつもより多い……気が、する)

ちょっとひさしぶりだったからかな、と気づいて赤面し、瀬里は膝を抱《かか》えて恥《は》ずかしい場所を隠《かく》した。

「瀬里ちゃん、汚《よご》れたの拭《ふ》いたげるから」

「え、い、いいです。自分で……」

「いいから、ほら。乾《かわ》くと痛いよ？　力はいんないでしょ」

大抵《たいてい》ことのあと、大智は後始末をしたがる。自分でできると言うけれども、毎度「そういうもんだから」と言っては身体を拭いたり、風呂《ふろ》に入れてくれようとするのだ。

「お尻ちょっとあげて。で、力、抜いてて」

「は、い……あ、くふ……っ」

中にたまったものを長い指で掻《か》き出され、どろっとしたものが溢れてくる。この瞬間だけはまるで排泄《はいせつ》を手伝われるようで、セックスより恥ずかしいと思う。

(ほんとにみんな、こんなことするのかなあ)

今回は明るい朝というシチュエーションも手伝い、恥ずかしさは倍増している。それでも、自分の体液に汚れた胸をあたたかいタオルで拭われ、後ろを向いて腰をあげるよう言われてしまうと、なんとなく抗《あらが》えないまま瀬里は従っていたのだが。

「あの、あの……やっぱり、自分で」

「……なんで？」

「なん、でって……だ、大智さん、なんで、そこ……あ」

もう中にあるのはほとんど出て行ったと思うのに、大智の指はまだ瀬里の中にある。おまけにその動きはあきらかに、さきほどと意図が違っている気がする。すごく感じるこりこりしたところを何度も撫《な》でられて、疼く腰《こし》を揺《ゆ》すらないようにするのが精一杯《せいいっぱい》だ。

「ね、あのっ……あの、ご飯……食べに、行きた、い……んっ、あっあっ」

「ん？　だいじょぶ、あとで俺が作ってあげるし」

「で、でもぉ、外……って、あ、いや、そこっ、ああ！」

たまには朝食デートがしたい、と瀬里がぐずってみせても、弱い部分を重点的にいじめてくる指に勝てない。我慢《がまん》していたはずが、気づけばもう尻だけを高くあげたままうねうねと腰が揺れていて、いいように喘がされれば、そのままうしろから、深く。

「やあ、ん！　い……いっか、一回だけって、い……っ」

「あはは……ごめん、嘘《うそ》つきました」

「ごめ、んじゃな、……ふああん、ふか、深い、よおっ」

嘘つき、ひどいとなじっても、奥まで暴《あば》かれればもう逃げられない。ベッドの端《はし》を握《にぎ》ったまま
いいように揺さぶられ、瀬里はえぐえぐと泣きじゃくった。

「大智、さ、んの、えっち、ばか……っ」

「あー、否定しません。俺はエッチです。……つかさっき寝ぼけたまんまだったんで、なんか
ちょっと、足りてないんだよなあ」

「あん、あんなの、寝ぼけて、しなっ……ああ、あふっ」

あんなに激しくしておいて、まだ足りないかとぎょっとする。けれどたしかにあの斟酌《しんしゃく》ない
動きは、彼らしくないといえばそうだった。

「けどさあ、瀬里ちゃんのお尻、かわいいんだもん。ついこう、したくなって」

「あーっ、あっ、やだあっ」

入れられたまま、かわいいかわいいと笑ってそこを揉んでくる。そのたび、あんあんと泣い
ては締《し》めつけている自分の身体の弱さも情けなくて、瀬里は小さく唸った。

「おしり、あ、だけですか……っ?」

「んーや。全部かわいいけどね……こことか?」

「あ、う」

「こっちもね」

「んあああん!」

乳首《ちくび》や性器だけでなく、小さな耳朶《みみたぶ》や首筋と、触《ふ》れられる限り指や唇《くちびる》で愛撫《あいぶ》を落とされ、瀬里もも悶《もだ》えるしかできなくなる。

「……でもいちばんかわいいのはさ」

「ふあ、あ?……うんっ」

朝いちばん、赤くなってこっそりキスをしてくれたことがたまらないと囁《ささや》かれ、ちょいちょいと指でいじられた唇からは、甘く震《ふる》える息がこぼれる。

「ちょこっと照れた顔して、笑ったのがね、すっげえかわいかった」

「うー……」

「ああ、この子俺のこと好きなんだなあ、って実感できる顔するんだよなあ、瀬里ちゃんて。んで、俺は他愛《たわい》もなーく、すげえ嬉《うれ》しくなっちゃえるのね」

そこがたまらなく好きだと笑われると、もう拗《す》ねも怒れもしない。嬉しい、と言う大智のほうこそ、そんな目をして見つめてくるから。

「……だ、大智さん、も」

「ん?」

「俺の、こと、……好きですよ、ね?」

ちょっとだけ悔《くや》しくなって言い返すと、大智は一瞬《いっしゅん》口をつぐんだ。そして、照れるでもなくにやっと笑うと、瀬里の腰を摑《つか》んで揺さぶってくる。

「あ、ひゃっ、あああ！」

「……わかんない？　すんげえ好き……ほら、ね？」

「ああう、んっ、そ、そんな、そんなの、あ」

「愛してるよ瀬里ちゃん」

「だ、だ、だめだめっ、あーっ、だめ！」

そうしてタチの悪い愛撫に泣かされ続けながら、瀬里はこっそり考える。

（もう、また、ごまかした……）

じつは大智はオープンなようでいてけっこうシャイで、好きだと言うときものすごい照れているらしいと、最近やっと気づいてきた。

手が早かったりするのも、やらしいことをするどさくさでしか、ストレートな言葉を告げることができないらしいことも、なんとなくわかっている。

まあそういう方法も、正直瀬里はきらいではない。抱かれるのも、ちょっと度がすぎるとさすがにつらいときもあるけれど、基本的に加減のわからない大智ではないし。

けれど、朝のデートを反故《ほご》にされたのはちょっとばかり、怒っていたので。

「だ、……いち、さん？」

「ん？　なに？」

振り向き、いいように瀬里を翻弄《ほんろう》する男をじっと、涙目《なみだめ》で見つめる。どうしたの、とこちらも潤《うる》んだ目で見つめられ、ほんとにずるい、と思いながら瀬里は小さく微笑《はほえ》んだ。

「だい、すき……全部、好き」

「……っう」

とたん、ぎくっと広い肩《かた》を強《こわ》ばらせた大智の顔が、真っ赤になる。その顕著《けんちょ》な反応にいっそ瀬里が驚《おどろ》いていると、中でぱあっと熱いものが拡《ひろ》がった。

「あ、んっ！」

「うあー……くそ、やべっ……出た……」

「……っ、え？　う、うそ」

がっくりとのしかかってきた大智に押しつぶされながら、瀬里はきょとんと目を瞠《みは》る。そうして、肩口《かたぐち》に嚙《か》みついて唸《うな》る大智に、さらに驚かされた。

「嘘じゃないッス……あー、だめだよ瀬里ちゃん、それ卑怯《ひきょう》」

「え、な、なに？　なんで」

「だからあ、あんなときにあんなかわいい顔で、好きとか言うの卑怯だってマジ……うっかりいっちゃったじゃん、かっこわり……」

瀬里としては、ちょっとくらい照れてみせろと思っただけなのに――予想以上に効いてしまったらしくて、なんだかこっちが恥ずかしくなった。

「格好《かっこう》悪く……ない、ですよ？」

「嘘だ──……慰《なぐさ》めいらね……」

「え、ほんとに、大智さんいつも、かっこいいです」

ほんとに、と繰《く》り返し、ぎゅうぎゅう自分を抱いてくる長い腕《うで》を、そっと抱きしめる。

「マジ、ださい……」

それでもなおぶつぶつと言うので、そんなに気にしなくてもと思わず瀬里は笑ってしまった。が、しかしそれが、まずかったのだろう。

「……この、笑ったな?」

「え、ふえっ!?」

ゆる、とそのまま動き出されて驚いた。あきらかにいつもと違《ちが》う大きさのそれは、二度の行《こう》為《い》ですっかりほぐれた瀬里の中をぬるぬると動き回る。

「や、や、やだ、へんな、かんじ」

かあっと瀬里の顔が熱くなるのは、その慣れない奇妙《きみよう》な感触《かんしよく》に戸惑《とまど》うのと、途中《とちゆう》で終わっていた身体《からだ》にまた熱が灯《とも》りだしたせいだ。──要するに、小さい分だけ動きが違って、あたる場所もずれてしまう。

「っとに……ぜってえ次、負けねえから」

「か、勝ち負けじゃ、な……っあ、やだ! やっ、硬《かた》く、なって、きっ……ひ、あ!」

なにより、大智のそれが動くたびに少しずつ、硬く大きくなっていく。

「あふっ、あっん、だ、だめ、そこっ、だめだめだめっ」

（やだよ、中でどんどん、おっきくされてる……っ）

馴染《なじ》まない大きさも、ふだんと逆の変化をみせることもどうしようもない違和感《いわかん》があって、なんだかよけいに卑猥《ひわい》な気分になった。

「悪いけど、俺今度はなかなかいかないからね？　覚悟《かくご》して」

「や……やだあぁ……！」

おまけに宣言どおり、二度も放出したせいか、大智の腰《こし》はしつこかった。しまいには瀬里が本気で「もうやだ、許して」と泣きを入れるまで続けられ——結果、終了《しゅうりょう》を宣言されるころには、世間はすっかり昼を終え、瀬里はもう指一本動かすのもいやなくらい、疲《つか》れ果てていた。

＊　＊　＊

「おーう、たっだいまー！　今日はすっげいい感じに乗れたっ」

「……おかえり」

海水浴客のいない穴場を見つけたのだと、ご機嫌《きげん》な真雪が帰ってきたのはその日の夕刻をまわってからだった。共有スペースである居間でぐったりしたままの瀬里が、おそろしく不機嫌《ふきげん》な顔でいるのに気づいた彼女は「あれ」と首を傾《かし》げる。

「あんた今日、出かけんじゃなかったん？　大智は？」

「予定変わったの。台所にいるよ」

「……あっそ」

むうっと口を尖《とが》らせたままの瀬里に、機嫌悪いねと首を傾げた真雪はそのまま、シャワーを浴びに向かう。あっけらかんとした彼女には態度の悪さを追及されることはなかったけれど、瀬里は座り心地《ごこち》のいいソファの上で、静かに自己嫌悪《けんお》した。

（八つ当たりしちゃった）

べつに真雪にまでつっけんどんにすることはないのだ。彼女はなにも知らないのだし、瀬里がこんなに怠《だる》くて疲れているのも、やめてくれと泣いて頼《たの》んだのに本当に、気絶するまでエッチなことをした大智が悪い。

「……瀬里ちゃん？」

ふわりといいにおいがして、柚茶《ゆずちゃ》の入ったカップを持った大智が声をかけてくる。じと、とまだ腫《は》れぼったい目元で睨《にら》んでみせても、大智は異様に上機嫌だ。

「喉痛《のど》いだろ。これ飲んで」

「誰《だれ》のせいですか……」

あたたかい湯気の立つそれを受けとりながら、かあっと耳まで赤くなる。機嫌の悪いような声しか出ない要因のひとつが、喘《あえ》ぎすぎて喉が嗄《か》れたせいだというのも、けっこう瀬里は恥《は》ずかしいのに。

「明日もあるし。ご飯行こう」

「歩けるか、わかんないもん……」

「チャリでもバイクでも二ケツして連れてってあげるから」

ね、と額に口づけられて、こんなんじゃ懐柔《かいじゅう》されないぞと瀬里は無言で柚茶を啜《すす》った。韓国《かんこく》製でひところブームになったこれは、柚のジャムをお湯に溶《と》くだけのものだけれど、これはベースから大智の手作りで、市販《しはん》のモノとひと味違う。

「……自転車もバイクもやです」

「え、なんで？」

無神経な問いかけにひと睨みを返し、ぐすっと洟《はな》を啜るのは、さすがに腰から下の感覚が痺《しび》れているせいだ。それもあたりまえだと思う。そもそも過敏《かびん》な粘膜《ねんまく》をあんなにたくさんこすったら、なにをどう気をつけたとはいえひりついてしまう。

「あー……そうか。ごめん。お尻《しり》痛い？」

「わかってるなら言わないでくださいっ」

怒っているのに、なんで笑うんだ。涙目を伏《ふ》せて、結局好きなようにしかしない恋人《こいびと》にあきらめとも呆《あき》れともつかないため息をついた瀬里は、甘いお茶を啜った。

「なんでそんな、にやにやしてるんですか」

「え？　いやあ……だって、ねえ」

言ってもいいのと目顔で問うので、端整《たんせい》な顔を思いきり手のひらで押しやってやる。これだけ瀬里がふて腐《くさ》れているのに、大智がやに下がったままである理由など、いやというほどわかっているからだ。

（やだって言ったのに。怖《こわ》いって言ったのに）

今日はついに、射精しないで「いく」のを教えられてしまった。もう本当に怖くて、それなのに大智に入れられたまま勝手に振《ふ》ってしまう腰が止まらなくて——とにかくすごい声を出したような気がする。

なにを言ったのか、そして言わされたのか、正直よく覚えていない。けれど——大智のあれを握《にぎ》らされて、これが欲しいかと唆《そそのか》された瞬間《しゅんかん》なにかが切れて、とにかく正気ではとても口に出せないようなことを口走ったことだけは、なんとなく覚えている。

おまけに、いつになく感じてしまったのは事実だから、瀬里も羞恥《しゅうち》のあまり拗《す》ねるしかないのだ。

「ご飯食べる？」

「食欲《しょくよく》、ない……」

一日中、違う意味とはいえあんなにおなかいっぱいにされて、とても食べる気になどなれない。ふるふるとかぶりを振ると、大智はぐったり投げ出していた膝《ひざ》の下に手を入れてきた。

「ちょっ……ちょっと」

「じゃ、明日出かけるなら今日、早寝《はやね》しようか？」

ひょいと抱《だ》きあげられ、ね、と嬉《うれ》しげに笑ったまま覗《のぞ》きこまれて、あれだけしたのにどうして大智は元気なのだろうと恨《うら》みがましくなりつつも、瀬里は頷《うなず》く。

（ん？　あれ、でも）

そのまますたすたと寝室《しんしつ》に進みはじめた腕のなかで、なにか忘れているような——と思っていた矢先、ばたんと浴室のドアが開く。

「っあー、いい風呂《ふろ》だった！　っと、あれ？」

「ま……真雪……っ」

身体もさっぱり元気いっぱい、という様子でバスタオル一枚のまま現れた彼女は、大智に抱きあげられたままの瀬里を見て一瞬《いっしゅん》だけきょろんと大きな目を瞠《みは》る。

そうして、なにか考えこむように小さな頭を「ん？」と傾げたのち、ああ、と手のひらを打ち合わせた。

「なーんだ。瀬里がなに機嫌悪いのかと思ったら、やりすぎてぐったりしてたのか」

「ま……っまゆっ」

けろりと言われて赤面したのは瀬里ひとりだ。あわあわとなりながら下ろしてくれと訴《うった》えるのに、大智はどうということもないまま瀬里を離《はな》す気配もない。

「しかしまだやんの大智。あんた元気ねえ。いいけど瀬里の体調考えなよ」

「今日はもうやんねーよ。お休み頂くの、明日のために」

「明日ねえ……あー、明日あたし出勤日だけど、昼まではいるよ。午後シフト」

「あそ？　わかった」

どころかお互《たが》い、なにを気にした様子もなくシフトの確認《かくにん》までしてくれて、瀬里は茹《ゆ》であがったまま顔を俯《うつむ》ける。

（で……デリカシーのなさじゃあどっこいどっこいじゃないか……っ）

結局ここに住むまでに、真雪のお邪魔虫《じゃまむし》をどうするかなどと案じていた大智だが、どうやらすっかり居直っているらしい。

「まあだから、やんなら外行くか、じゃなきゃいないときにして」

「あいよ。つーかおまえ、そこまでするわけねえだろ俺が」

瀬里ちゃんが恥ずかしがるじゃないかと渋面《じゅうめん》を浮《う》かべた大智は、どうもやっぱり根本のところがわかっていないと思う。

する、しない、の問題ではなく、赤裸々《せきらら》な性生活が年下の女子にばれ、なおかつ時間帯まで露骨《ろこつ》に話しあうという事態がそもそも、常識的な話ではないのだが。

「……あれ、なんか瀬里、意識遠くなってない？」

「ありゃ。眠《ねむ》かったかな？　おーい、瀬里ちゃん？」

もう言っても無駄《むだ》なふたりになにを口にする気力もなく、気を失ったふりでその場をやりすごしながら、瀬里は唇《くちびる》を嚙《か》みしめていたのだ。

END

無条件幸福

むっとするような夏の夜。浜辺《はまべ》は湿《しめ》った熱気に溢《あふ》れていた。ずんずんとリズムに乗って揺《ゆ》れる海の家は、即席《そくせき》ライブハウスになっている。

クラブシーンでも人気のアーティストは、ライブハウスや横須賀《よこすか》基地近くのクラブ——この場合語尾《ごび》があがるほうではなく、昔ながらのほうだ——で長くライブ活動をしてきただけあって、客の摑《つか》みもうまく、熱中症《ねっちゅうしょう》を引き起こしそうな暑さにも負けず、オーディエンスを夢中にさせてくれた。

滝《たき》のような汗《あせ》をかいて踊《おど》っていた奥菜《おきな》一葡《いちほ》は、ステージ上の彼らに乗せられ、砂の上でステップを踏《ふ》む。しかしやわらかく湿った砂を蹴《け》ってのそれは、だんだんに不安定になっていき、よろよろと身体《からだ》をふらつかせると大きな手が抱《だ》きとめてくれた。

「おっと」

「あ、ごめん、昭伸《あきのぶ》」

「はは、こけんなよ」

気をつけろ、と笑った山下《やました》昭伸は、一葡ほど派手に踊ってはいない。といっても冷めているわけではなく、ゆったり身体を揺らして音楽そのものを楽しんでいる。踊らないのか、と一葡が訊《き》くと、苦笑《くしょう》して彼は言った。

「俺、でかすぎるからさあ。これ以上身動きすると、ね」

「あ、そっか」

一九〇センチという長身の彼は、周囲のひとに気兼《きが》ねして、できるだけうしろの隅《すみ》に位置している。けれど整理券番号が早かったせいで、彼のうしろにもけっこうお客さんがいた。もっと前に行ってもいいぞと言われたけれど、一緒《いっしょ》にいるのがいい、と一葡も同じ位置を選んだ。

湘南《しょうなん》の海で行われるライブに行こうか、と誘《さそ》われたのは、先週のこと。山下が店長を務めるレストランバー、『アークティックブルー』の本店である『ブルーサウンド』の常連である地方局のDJが、このライブのチケットが余っていると、店のメンバーにくれたのだそうだ。

――でもうち、その日、全員フル出勤なんだよね。山下くん、行かない？　そっち、休みでしょう。

そう言って、湘南店店長である藤木聖司《ふじきせいじ》が譲《ゆず》ってくれたそうだ。ひさしぶりにデートでもしましょうか、とお互いの休みを示しあわせていたし、一葡はこのミュージシャンのファンだったので、喜んだのは言うまでもない。

「一葡、楽しい？」

「ちょー楽しい！　でもあっつい！」

大音量が鳴り響《ひび》くせいで、会話は勢い大声になる。それでも満面の笑《え》みで応《こた》え、一葡はぴょんとまた跳《は》ねた。

ライブがはじまる時間までは、さんざん泳いだ。そのまま夕刻からこの狭《せま》い箱に入ったので、山下は上半身裸《はだか》で水着のまま、一葡もそれにパーカーを引っかけたスタイルだ。

山下の引き締《し》まった長い腕《うで》に汗が浮いている。たまに、喉《のど》を潤《うるお》すように氷の浮いた酒を口に運ぶ横顔も整っている。

（かっこいいなあ）

ステージそっちのけで思わず見惚《みと》れると、気づいた山下が「なに？」と目顔で問いかけてくる。眉《まゆ》をひょいとあげ、目を丸くしてみせる彼に、えへっと笑って首を振《ふ》った。

そして、ステージラスト曲にあわせて、また足下《あしもと》の砂を蹴った。

＊　＊　＊

「やー、砂浜《すなはま》でツイスト踊ると、穴掘《あなほ》りなんですね、ほんとに。何度もこけそうになっちゃった」

「あはは、この暑いのに。熱中症になっちゃうよ？」

やや興奮気味の一葡に、気をつけてねと微笑《ほほえ》んだのは店長の藤木だ。ライブが終わったあと、道路沿いにてくてく歩いて訪《おとず》れた『ブルーサウンド』は、深夜近くだというのにまだ客の姿が絶えない。

水着のままおいで、うちのバックヤードで着替《きが》えればいいよ、と言い渡《わた》されていたため、汗まみれ、砂まみれのまま訪れたふたりを、いつもと変わらず穏《おだ》やかな微笑《びしょう》で藤木は迎《むか》え入れてくれた。店のうえにある私室のシャワーまで貸してもらえたので、いまのふたりはさっぱりとした格好だ。

「……あれ、トムヤムクンちょっと味変わってます？」

「ああ、うん。大智《だいち》がスパイスの配合変えたみたい」

すっぱ辛《から》いスープを食した山下が、仕事モードの目になる。しばらくもくもくと食事を口に運んでいた彼が、ちらっと一葡を見たのに、心得ているとうなずいた。

「いーよ。大智さんとこ行ってきて」

「ん、ごめん。すぐ戻《もど》る」

一応は完食したから、許してあげる。そう微笑むと、山下はすたすた長い脚《あし》でバックヤードに行ってしまった。おそらく大智に、スパイスの配合でも訊《き》きに行ったのだろう。

「……ちょっと奥菜ちゃん、いいの？」

「ん？　なにが？」

ひょこんとくるくるの頭を揺らして問いかけてきたのは林田真雪《はやしだまゆき》だ。

「仕事しにいっちゃったよ、山ぴー。デート中でしょうが。ほったらかされていいの？」

「今日いちにち遊んでもらったもん。おれ的に満足したし、べつにいいよ」

「えー。それ甘いんじゃない？」

「だって、おれ、昭伸が仕事してるとこも好きだもん。かっこいいじゃん」

「……あ、そ」

そりゃよけいなお世話でしたと顔を歪《ゆが》める真雪は言うが、一葡としてはいま言ったことが本心で、すべてだ。

もともとこの店で、山下に一目惚《ひとめぼ》れしたのは一葡のほうだった。まえの彼氏にこっぴどくふられた現場をフォローしてくれたことに感激し、好きですと言ったら、当然だがふられた。

――お気持ちは嬉《うれ》しいけれど、現在恋人《こいびと》を作る気はないので。

穏やかなのに、冷たい返事だった。けれどその後も一葡は店に通った。迷惑《めいわく》がられているのもわかっていたけれど、追っかけみたいにしてついてまわった。

山下がちょっとした事故で怪我《けが》をしたことで、マッサージ師の資格を持っている一葡がいろいろ助けたことから近しくなり、最終的には彼氏になってもらってしまった。

まあ、有り体に言えばほだされてくれたのだと思うが、山下はつれなくしていた時期が嘘《うそ》のようにやさしくしてくれているので、一葡としては大満足なのだ。

それにそもそも、店でてきぱきと働いている彼に惚《ほ》れこんだのだから、山下が仕事に懸命《けんめい》な姿を見るのに、なんの不満もない。

「ごめん、一葡。お待たせ」

「んーん。早かったね」

　オーダーが入ったと去っていった真雪と入れ替《か》わり、片手で拝むようにして、メモを握《にぎ》った山下が帰ってくる。一葡がにこにこして笑いかけると、少し驚《おどろ》いたような顔をしたあと、ほっとしたように彼も笑った。

「どしたの？」

「いや。一葡、いつもにこにこしてるから、助かる」

「んん？」

　デザートの柚《ゆず》シャーベットを口に運んでいた一葡は、どういう意味だとスプーンをくわえたまま首をかしげた。

「いや。デート中なのになにやってんだ、ってさっき先輩《せんぱい》にも嫌味《いやみ》言われて」

「あーそれ、真雪ちゃんも言ってたねー」

「やっぱりか。まゆちゃんにはさっき背中どつかれたんだけどさ」

　苦笑して、アイスコーヒーを飲む山下の鼻の頭に、ひいたはずの汗が浮《う》いていた。厨房《ちゅうぼう》は暑かったのだろうなあ、と思って一葡がおしぼりを差し出すと「ありがと」と笑って受けとる。

「いや、俺、これでよくふられたからさ」

「これ、って？」

「デート中とかでも、気になったことあると、すぐそっちに気が行く。一葡も知ってるだろ」

ああ、うん、とうなずくと、おしぼりで汗を拭《ふ》いた山下は微妙《びみょう》な顔で唇《くちびる》を歪めた。たぶん、自分の欠点だと思っているのだろう。

「ふつうはね、それで怒るの。で、ふられる」

「そうなのか。もったいないねえ」

柚シャーベットの最後のひとくちをぱくんとやって一葡が言うと「もったいない？」と山下が首をかしげた。

「だって昭伸、好きなことしてるときがいちばんかっこいいじゃん。そういうのわかんないのはもったいないよ」

ほったらかされるのはべつにかまわない。自分をないがしろにしているわけでもないし、ちょっと気が散っている程度では一葡は怒らない。そう告げると、くしゃっと山下が笑う。

「……そか」

照れたような表情、目尻《めじり》の笑いじわがしみじみ好きだなあ、と思っていると、藤木に借りたシャワーでまだ生乾《なまがわ》きの髪《かみ》を、撫《な》でられた。

「なに？」

「ん。一葡、かわいいなあと思ってな」

いきなり言われて、ぼっと赤くなる。片手で頬杖《ほおづえ》をついたまま、にこにこと笑って山下は一葡を見つめている。

　つきあいはじめてからというもの、これでもかと甘い山下だが、場所が場所だけに一葡はなんだか奇妙《きみょう》な気分だった。ここブルーサウンドで、追いかけても追いかけてもつれなかった彼が、いまこんなふうに自分だけ見つめて笑っているのが不思議だ。

（みんな、もったいないことするなあ）

　なんでふったりするんだろう、こんなにかっこよくてやさしいのに。心底本気で思いつつ、なでなでする手に赤くなっていると、頭上から声と、チーズムースを載《の》せた皿がどかんと降ってきた。

「はいそこのバカップル。これおまけしてやっから、雰囲気《ふんいき》出すならさっさと帰れ」

「……あ、大智さん、こんばんは」

　こんばんは、と笑った店内いちのモテ男は、にっこりと甘い笑《え》みを浮かべたのちに、山下を指さしてつけつけと言った。

「奥菜ちゃんも山下に甘すぎますよ。つけあがるよ？　このタイプは」

「先輩が言うことですか、それは。つうか俺らのことはほっといてください」

「あってめ。誰《だれ》のおかげでラブラブになれたと思ってんだよ」

「一葡ががんばってくれたおかげですが、まあ先輩にも多少は感謝しますよ」

　しれっと言ってのける山下に「うわかわいくねー……」と大智は呻《うめ》く。

「絶対、俺よか泣かしてる相手の数多いよな、おまえって」

「ちょっと、ひと聞き悪いこと言わないでくださいよ」

一葡の前で、と顔を歪める山下に、「事実だろうが」となおも絡《から》もうとした大智の尻《しり》を蹴《け》り飛ばしたのは真雪だった。

「瀬里《せり》とけんかしたからって絡むなボケ。注文入ったんだからさっさと厨房《ちゅうぼう》戻《もど》れタコ」

「……うっせえよ！　あ、奥菜ちゃん、これ食ってね」

痛いところを突《つ》かれたらしい大智が歯を剝《む》いたあと、チーズムースを指さして「新作だから」と言う。

「感想はそこのカレシにでも伝言しといて。そんじゃまた」

「はーい、ありがとー。ごちそうさまー」

真雪とぎゃんぎゃんけんかしつつ持ち場に戻る大智を見送り、一葡はにこにこと手を振《ふ》る。動じないその姿に、山下は「おまえ、ある意味、聖司さん並みに器《うつわ》がでかいよね」と苦笑《くしょう》した。

「んん？　おれ、あのひとみたいにおとなじゃないと思うけど」

「……だからえらいよ」

ふわっと山下の声がやさしく、けれど苦くなるのは、一葡の家庭環境《かんきょう》や過去の事情を知っているせいだ。

ゲイであることで、家族ともあまりいい関係も結べず、いまよりずっと幼いころから他人に揉《も》まれ、ついでに恋愛《れんあい》関係もいい思い出のない一葡は、大抵《たいてい》のことを笑って許す。

「もうちょっと、わがまま言っていいぞ」

二十歳《はたち》そこそこにしてはものわかりがよすぎると、五つ年上のカレシはいつでも一葡をたしなめる。それはちょっとむずかしい、と一葡は眉《まゆ》を下げて笑った。それに、山下とつきあうようになってから、一葡はいつでも幸せだ。

「んー……でも、言うことないしなあ」

もともとノンケで、一葡が拝《おが》み倒《たお》すようにしてつきあってもらったというのに、山下はすぎるほどに誠実だと思う。

彼が半端《はんぱ》な気持ちで一葡と暮らすと言ったわけではないことも、知っている。

同居するにあたって、家族に紹介《しょうかい》された。むろん頑固《がんこ》そうな父親と兄にはともだちとしてだったけれど、赤ちゃんを抱《かか》えたやさしそうな義姉《あね》、葉菜子《はなこ》がこっそり、こう言ったのだ。

——ねえ。昭伸さんのこと、よろしくね。それから、仲良くね。

にこにこしている彼女には、何度かマッサージをしてあげたことがあった。面識もあって、気がゆるんでいたぶん一葡はふつうに「はい」と答えたのだが。

——俺のとっても大事な子だから、わたしもやさしくしてあげてって言われたの。

くすくす笑いながらそう告げた葉菜子が、一葡との関係を知っているのだと気づいたときは青ざめた。おまけに葉菜子は、こうもつけくわえたのだ。

——いずれは、うちのダンナさんとお義父《とう》さんにも話すつもりだそうよ。ただ、あのひとたち頭硬《かた》いから、まずはゆっくり外堀《そとぼり》から埋《う》めるって。

わたしはお堀《ほり》の外壁《がいへき》かしら？　そんなふうに笑う葉菜子に、一葡は震《ふる》えるほど怖《こわ》くなった。

そんなことをさせるつもりはない。それで山下が、家族とひどい状態になったら耐《た》えられないし、一葡は申し訳なくて逃《に》げたくなるかもしれない。

——ごめんなさい、ごめんなさい、違《ちが》うんですおれが。勝手におれが。

ひきつった顔でまくしたてる一葡を、葉菜子はやさしく見つめて、だいじょうぶと言った。

——勝手に、っていうなら、昭伸さんが勝手に言ったことでもあるわ。

中途半端《ちゅうとはんぱ》な気持ちで決める男じゃないから、葉菜子も理解したのだと告げる。その目はやさしいけれど、理知的で、強かった。

——それに、昭伸さんは、やると言ったらやるひとだから。安心して、いいわよ。

母親というものの理想を描《えが》いたら、葉菜子の形になるんじゃないか。そんな雰囲気の彼女に許されたとき、どうしていいのかわからなかった。

そして、半端じゃない気持ちで山下が、自分と一緒《いっしょ》にいてくれているのも理解したとき、一葡は家に帰ってこっそり、大泣きしたのだ。

そんな感じで山下は、一葡のことを、ともだちにも、職場のひとにも、家族にまで「俺の大事な子」と紹介してくれている。予告なしのカミングアウトは勘弁《かんべん》してくれと言っているのだが、山下にとってはしごくナチュラルなことらしく、怖《お》じ気づくことはまったくない。それでいて、無神経に誰彼《だれかれ》かまわず言ってまわったり、虚勢《きょせい》を張っているのでもないから、おそれいる。相手によって言うタイミングを見極《みきわ》めて、一葡を山下のパートナーとして、しっかり受け入れられるよう、常に注意を払《はら》っているのだ。

（まあ、ちょっと、朝倉《あさくら》さんのことはびっくりしたけどさ）

大学時代の親友、と紹介された彼が、山下のことを好きだったと打ち明けられたとき、それを山下は隠《かく》さずに教えてくれた。電話での会話は漏《も》れ聞こえていたし、一葡はその真横にいて、ごまかすにも無理があった、というのもある。

ちょっと驚《おどろ》いたけれども、道理でカミングアウトのとき、動じないわけだと思った。なるほど、とうなずいた一葡に、山下は言った。

——もしかして、こういう話はやだったかな？

複雑な苦笑を浮かべて問う彼に、一葡は「んん」と首をかしげたあと、こう答えた。

——昭伸がモテるのはあたりまえだし。そういうのも、まあ、ありかなと。

——あのなあ、ちょっとは妬《や》けよ。いいけどさ。

けろっと答えれば大笑いされて、その話はおしまいだった。後日、朝倉にはなんと外国人の彼氏ができたとかで、一葡は「インターナショナルだー」と暢気《のんき》に笑った。

いつもそんな調子の一葡を知っている彼氏は、やれやれ、とため息をつく。

「一葡って、ほんとに不満とか言わないよなあ」

「だって、ないもん。今日はいちにち一緒にいたし、ライブ楽しかったし、ご飯おいしいし、満足しまくり。チーズムースもおまけで食べられたし」

ぱくんと、ふわふわ白いデザートを口に入れると顔がほころぶ。

「欲《よく》がないなあ」

「んー、満たされてるから、わりと幸せだしなあ」

日々が静かに穏《おだ》やかにすぎていく。たまにこうしてイベントに、恋人《こいびと》と一緒に参加して、知りあいに冷やかされたり茶化《ちゃか》されたり。そんなのが、とても楽しい。

笑ってそう言うと、山下は小さくため息をつく。

「おまえちょっと、幸せのハードル低いんじゃない？」

「そっかな。おれには、充分贅沢《ぜいたく》だけどな」

少し心配、と山下の目が言う。けれど一葡は、そんなにすごい幸せなんて、そこらに転がっていないのを知っている。むしろ、ささやかなそれでさえ、得られるのがむずかしいことも、たぶんこの歳にしては知りすぎていた。

年上の彼が、静かに静かに、自分のテリトリーのなかに一葡の居場所を作ってくれるよう、努力しているのを知っている。それが、けっこう大変で、ものすごく希有《けう》なことを、一葡はちゃんと、わかっている。

だから次の言葉を、盛りあがるばっかりの恋愛に溺《おぼ》れるのではなく、心から言えた。

「昭伸がいるだけで、いいもん。おれ」

やさしいカレシと一緒に住んで、こうして大事にしてもらっている。だから毎日、充分《じゅうぶん》、ふつうに、しあわせ。

その言葉に山下はちょっとだけ目を丸くして、そのあと滲《にじ》むようにやさしく笑った。

＊　＊　＊

遅《おそ》くなったからいっそ泊《と》まっていけばと藤木に勧《すす》められたが、そこまでは迷惑《めいわく》だからと断って、ふたりは湘南をあとにした。

「昭伸、ハーってして。……うん、だいじょぶ」

息のにおいを念のため確認《かくにん》。ライブが終わってから数時間、食事中はいっさいアルコールを取っていなかったので、もう酒気も抜《ぬ》けただろうということで、車に乗りこむ。

帰途《きと》は山下の運転する車だ。なんだかんだと湘南店との打ち合わせも多く、夜半に及《およ》ぶことも多い。その際、足がないのは困ると言うことで、最近になって購入《こうにゅう》したそれで、一葡はよくあちこち連れまわされている。

「一葡、眠《ねむ》い？　寝《ね》てていいぞ」

「んん？　へっき」

山下の運転は性格どおり穏やかで、ついうとうと眠くなった。ほにゃ、とあきらかに眠気《ねむけ》を含《ふく》んだ顔で笑うと、山下はくすっと笑った。

「いいから無理しないで寝とけよ。海で泳いだうえにライブじゃ、疲《つか》れたろ」

「えー、でも……」

夜半の助手席で眠るわけにもいかないだろう。それに行きも帰りも運転は山下で、疲れているというなら彼のほうがひどいはずだ。そう言うと、彼は「体格考えろ」とあっさり言う。

「一葡、バテやすいんだから。俺は平気だから、寝てな。っつうか、寝て回復しといて。帰ったら寝られないから」

「え、なんかあるっけ？」

明日も休みだし、とくに用事があるなどとは聞いていない。なによりこんな深夜にいったい、と小首をかしげていると、山下が呆《あき》れたような声を出した。

「あのさあ。さっきあんだけかわいいこと言っておいて、帰ったらはいオヤスミ、なんてつもりは、まさかないよな？」

「……へ？」

かわいいことってなに。きょとんと一葡が目を丸くすると、山下はしかたないなとため息をついた。

「ひさしぶりのデートのしめくくりで、健全にお手々つないで寝るほど、俺枯《か》れてないよ」

「あ……」

一瞬《いっしゅん》だけちらっと視線を流されて、一葡はどっと赤くなった。あ、ぅ、と意味不明な音を発して口をぱくぱくさせていると、山下が口の端《はし》で笑う。

ふだんの穏やかさをかなぐり捨てたようなそれに、一葡はさらに赤くなった。

（うわ、うわ、えっちな顔だ）

そういえば山下は、ものすごく一葡にやさしくしたあと、ものすごく意地悪になる。前者は昼間で、後者は夜だ。今日いちにち、たっぷりとかまってもらって楽しかったし、だからほんの一瞬、仕事のことで大智のところに行ったのだって平気だったけれども、ちょっとこのあとは怖《こわ》いかもしれない。

怖さのなかに、期待があるのもまた、否《いな》めなかったが。

「だから、いましっかり寝とけ」

「……もー寝れないです」

「そっか？　でも寝かさないよ？」

さらにだめ押しをされ、もう好きにしてくださいと、助手席で身悶《みもだ》える以外、どうしようもなかった。

＊　＊　＊

車内でのやりとりのせいか、ふたりで暮らすマンションに帰りつくころには、一葡はなんだか妙《みょう》にできあがっていた。

ふたりで玄関《げんかん》のドアをくぐり、さきに靴《くつ》を脱《ぬ》いだ山下が「おいで」と誘《さそ》うみたいに手を伸《の》ばすのにも、ふらふらと吸い寄せられて、手を握《にぎ》られて、キスして、キスしてキスしてキスして、気がついたら服はベッドのしたに脱ぎ散らかされ、あっちこっちをいじられていた。

「んっ……」

きわどい場所を撫《な》でる指に、びくっと一葡は身体《からだ》を跳《は》ねさせ、次に来る愛撫《あいぶ》に備えて身体を硬《かた》くする。身じろぐと、太陽を吸いこんだ肌《はだ》のにおいを嗅《か》ぐように、首筋に軽いキスを落とした山下が、いまさらなことを訊《き》いてくる。

「一葡、ホントにいい？　疲れてない？」

「ここまでして、訊くかなあ……」

内側から火照《ほて》ったようなこの熱は、海辺で日を浴びたせいばかりではない。むう、と膨《ふく》れて上目に睨《にら》むと、それはそうか、と重ねた肌を震《ふる》わせて山下が笑う。

「チューしよか、一葡」

「う、うん」

そっちからしな、と甘い声で言われて、おずおず唇《くちびる》を重ねる。一葡は自覚するけれどキスがへただった。いまだにあんまりじょうずじゃないと思うけれど、そのぎこちない口づけが、山下は好きらしい。一生懸命《けんめい》舌を動かしていると、途中《とちゅう》でぷっと笑われた。

「なんだよっ」

「や、なんか、チーズムースの味がさ。一葡だなと思って」

笑う恋人に、どういう意味に捉《とら》えればいいのだと一葡は眉《まゆ》を寄せた。

「……食い意地張ってるってこと？」

「違《ちが》う違う。まあ、おまえなんでもうまそうに食うから、作り甲斐《がい》あるけどね」

「じゃ、なんだよ。昭伸、さっきから意味わかんないよ」

ひとりで納得《なっとく》されても困ると一葡が腕《うで》のなかから彼氏を見あげると、どうやらお気に入りらしい丸い額を指で撫でながら山下は目を細めた。

「いいよ、わかんなくても」

そのまま、触《ふ》れあわせて軽くついばむだけのキスが続いた。なんだか甘酸《あまず》っぱくて、妙にくすぐったい気分になる。そして、山下の胸のなかにあるのも、こういう気分なのかなあ、と一葡は思った。

目があうと、なんだか照れくさい。えへへ、と笑うと、山下も同じような顔をする。

「今日、楽しかったな」

「うん」

「一葡、好きだよ」

「……うん」

何度言われても、胸がつきんと痛くて甘い。哀《かな》しくないのに目がじんわり潤《うる》んで、せつなさに眉が寄ると、口づけが深くなった。

「……んんっ」

舌を舐《な》めあっているせいで、声がくぐもった。大きな手が身体を這《は》いまわり、つんとした胸のうえで小さく自己主張する乳首《ちくび》をつまんでくる。料理人の器用な指が、なにかの生地《きじ》でも練るように、捏《こ》ねて、ひねって引っぱる。

息苦しくて、顎《あご》があがった。でもキスが止まらなくて、鼻声でふにふに唸《うな》っていると、もじついた脚《あし》を開かされ、反応しかけたものをぎゅっとされる。

「んー……うにゃっ」

「変な声」

もがいて口を離《はな》すと、悲鳴が舌足らずになった。間髪《かんはつ》入れず笑われて、ひどいと睨むより早く本格的にこすられる。しばらくすると、そこにくちゅくちゅ、濡《ぬ》れた音が混じった。自覚もするが一葡はけっこう濡れやすい。ちょっと恥《は》ずかしい体質かなあと思うけれど、山下はそういうのがかわいいと笑う。

「あっ、あっあっ」

「んー……なあ、一葡」

なに、と息を切らしながら見あげると、じいっと見おろしてくる彼と目があった。夜の間に見る山下は、いつもより顔が鋭《するど》い。どきっとして目をしばたたかせると、安心させるように目を細め、髪《かみ》を撫でてくれるけれど。

「ちょっと我慢《がまん》できない。すぐ入れていい？」

「え、もう……？」

「うん。まだ無理？」

無理ならいいよ、と言って、やんわりと尻《しり》を揉《も》む山下に、一葡はちょっとだけ逡巡《しゅんじゅん》した。けれど、指先まで真っ赤になったまま、ごく小さな声で「いいよ……」と答える。すると、しっかりと小さな身体を抱《だ》きしめた彼が、耳に口づけてくれた。

「痛くはしないから、安心してな」

「うん、それは、知ってるから平気」

すぐ入れたい、と言われても、準備もせずに挿入《そうにゅう》するような真似《まね》をされるわけがない。そういう意味では心配してないとうなずくと、山下はなぜか苦笑《くしょう》した。

「……ほんとになあ、責任重大だなあ」

「ん？　なにが？」

「一葡、俺のこと信じまくってるから」

「え、な、なんか重いこと言っちゃった？」

その声が困ったように聞こえて、一葡は眉を寄せた。不安そうな目にすぐに気づいた彼は、まさかと笑う。

「じゃなくてね。俺の問題、これは。一葡は、まんまでいいよ」

「そ……そう？」

「そう。まったくね、こんなちっちゃいとこに、とんでもないもん入れてくれって、図々《ずうずう》しいこと言ってる男にさ」

「うあっ」

山下曰《いわ》くのちっちゃいとこ、をローションに濡れた指で探《さぐ》られて、反射でびくっと身体が跳ねる。

「痛いことしないって知ってる、とかさ。おまえほんとに、困るよ」

「んあ……な、なんで？　だめ？」

ぬるぬるするそれを塗《ぬ》りつけ、ゆっくりと指で拡《ひろ》げながら、まるでぼやくように山下は言う。

「まあ、だめっつったらだめ、かな。無茶《むちゃ》もできないのに、無茶したくなるから、複雑」

「ど、どっちなのそれ、あ、……あっ、あっ」

「かわいすぎて、まいるっつってんだよ」

ちょっとはわかれ、と指を動かされ、甘ったるい声をあげて一葡は背中を仰《の》け反《ぞ》らせた。

「ふや、あ、あうんっ」

無意識に腰《こし》が逃《に》げるのを追って、軽く押さえつけられて、早く慣れろと丁寧《ていねい》に急《せ》かす指が気持ちいい。胸がどきどきして息が苦しく、身体の脇《わき》についた、長く逞《たくま》しい腕にしがみついて甘い蹂躙《じゅうりん》に耐《た》える。

「最近、ココだけでも気持ちいいみたいだな」

「うん、……ん」

指摘《してき》され、かあ、と赤くなる。山下が彼氏になってくれてからというもの、懇切《こんせつ》丁寧に愛撫されるそこは、過敏《かびん》で脆《もろ》い性器に変わった。近ごろは、前をいじられるより反応がいいと、じつはエッチな彼はけっこう嬉《うれ》しそうだ。

「昭伸、おれ、えっと……フェラ、とかする?」

「いい。一葡いじるのに集中したいし、今日はこのまんま、入れたいから」

おずおず提案すると、頰《ほお》にキスしてそんなことを言われた。ますますどうしていいのかわからず、器用な指のなすがままになっていると、ぴくぴく反応する身体を楽しげに見守られる。

「あんま、見ないでよー……」

「なんで?」

真っ赤な顔で息を荒《あら》らげ、痙攣《けいれん》している姿は、山下の穏《おだ》やかな目にどう見えているんだろう。そしてふだんは大柄《おおがら》な草食動物系にしか見えないのに、夜の山下は捕食者《ほしょくしゃ》でしかない。そして当然、獲物《えもの》は一葡だ。うなだれて、首筋を差し出して、どうぞ食べてと観念する以外にない。

「あ、もう、あっ、あっ」

「んー、入れていい？」

「うん、うん、うん」

いじられ続けるうちに、すっかり腰が浮《う》いていた。ねだるように身体が揺《ゆ》れて、もうだめ、と目で訴《うった》えると、一葡の足首が両方摑《つか》まれ、ぐいっとうえに持ちあげられる。

押し当てられたそれのすごさに、ぶるっと身体が震えた。少しだけ怖《こわ》くなるのをごまかすように両手を伸《の》ばして、一葡はせがむ。

「昭伸、チューして……」

「ん」

入れる前に、必ず交《か》わすキスは、いつの間にかふたりの間で暗黙《あんもく》の合図のようになった。舌は入れないで、触れあわせて、ちゅっと音を立てて離すだけのそれは、気恥《きは》ずかしく甘い。気持ちのないセックスを経験したことのある、少し臆病《おくびょう》な一葡へのおまじないは、最後の緊張《きんちょう》を取るのにもっとも有効だった。

「ふ、く、……んんー……！」

「んん、平気？」

　ぐっと腰を両手で摑まれ、上体を倒《たお》した山下がのしかかってくる。一葡の尻は山下の腿《もも》のうえに乗っかるような状態で、折り曲がったような体勢は苦しいけれど、強い腕が支えてくれているから不安はない。

（はいっちゃった……）

　奥までつながって、ちょっとだけ待機、というように短く息をついた山下が、「なあ」と腰を揺すりながらせがんだ。

「一葡、なんかエッチなこと言って」

「え、や、やだ……っ」

　いきなりなんだ、と頰を赤らめると、彼はさらに詰《つ》め寄ってくる。

「やだじゃなくて、なんか言って。いま、どういう感じするか、言って」

　言えない、やだ、とかぶりを振《ふ》ると、山下は一葡の両腿に手をかけ、内側に向かって何度も撫《な》で下ろす。

「やっやっ、そこ」

「言えよ……」

　弾力《だんりょく》をたしかめるような力の入れかたにも、ついでのように濡れた性器をくりくり撫でる指にも抗《あらが》えず、一葡は「ひいん」と泣いて感じた。

「ん？　一葡、どう？」

「んん、ん――……おっきいの……びくびく、してる」

うながす手にもうろうとしながら卑猥《ひわい》なことを言えと言われると、一葡は逆らえない。おまけに、ゆっくりゆっくり身体《からだ》を動かす山下のそれが、一葡のなかにある官能を引きずり出すことをやめない。

「びくびくして、それから？」

「んあ、あっ……ふと、く、てぇ……っかた、いっ、あっ、だめっ」

くいくいっと腰が勝手に動いて、そのたび頭のてっぺんまで痺《しび》れた。　葡は甘い声をあげ、震《ふる》える腕で山下にしがみつく。

（あ。また、おっきく、なった……っ）

ぞわあっと背筋が震えるのは、中にいる恋人《こいびと》が興奮しているのがわかるからだ。一葡の恥《は》ずかしい格好を見て、恥ずかしい声を聞いてそこを充血《じゅうけつ》させながら、もっと乱れろと促《うなが》してくるからだ。

「ふとくて硬《かた》いの、きらい？」

「ああん……好きぃ……ふといの好きぃ……すっごくいい……っ」

卑猥なことを言わされても、もうめろめろになった一葡は言うなりだ。ぱんぱん音がするのは、突《つ》きあげられる一葡の尻が弾《はず》むからと、そしてぬるぬるになった性器が律動に震えるから。

「……昭伸、これ、さわって」

「触《さわ》るだけ？」

「しごいてっ……」

不安定なそれが怖くて握《にぎ》ってもらうと、先端《せんたん》をこりこりといじられてまたいきそうになった。もうこれ以上もたないから、追いつめないでとかぶりを振り、山下の胸に顔を埋《うず》めながら一葡は腰をうねらせる。

舌を突き出したままする、卑猥なキスをして、一葡は息をはずませた。ぐじゅぐじゅになったそこを好き放題抉《えぐ》られ、ときどき意識が飛びそうになりながら大きな身体にしがみつく。

「ああ、ああ、昭伸、好き、すきすきっ」

腰を振って、うねらせて、跳《は》ねるように身体を使って恋人のそれをしごく。痛いくらい締《し》めたままぐりぐりするのが山下は好きで、もうそんなこともとっくに覚えた。

「きも、ちい……なか、ごりごりしてきもちいい……っ」

「うっわ、一葡、エロ……っ」

口笛を吹《ふ》くような勢いでにやっと笑われて、恥ずかしくて顔が熱くなる。

「あ、ん、あん、あん！　だ、だって昭伸が、言えって……っ」

覚えさせたのは誰《だれ》だと睨《にら》むと、山下は一葡のへそのくぼみに指を入れてくすぐりながら、しゃあしゃあと言った。

「うん、もっと言って。エロかわいいから」

「もお……っばかっ」

赤くなって、それでもたぶんせがまれたら負けてしまうことを一葡は知っている。

なんだかすごいことをしちゃっているな、と思う。正気じゃとてもできないくらい、ふつうじゃ考えられないくらい、全身が卑猥に動く。きっと明日はすごく疲《つか》れて、そして恥ずかしい思いもするに違《ちが》いない。

(でも、もう、いい。頭、ぼーっとするし、……気持ちいいし)

それに、一葡がわけがわからなくなっていると、山下は本当に嬉しいらしいのだ。もっと乱れてと唆《そそのか》すように、じっくりうえから眺《なが》めて、嬉しそうに笑って、痛いくらい抱きしめる。

そして、同じくらいおかしくなっていると、教えてくれる。

「んー……あ、くっそ、出そう……一葡、すげえ」

はあ、と息をついて突き入れてくるのがたまらない。眉《まゆ》をきつく寄せたまま、汁《あせ》ばんだ顔をしかめる山下の顔はとても色っぽくて、腰《こし》の奥がじいんと痺れた。

(いっしょに、してるんだなあ)

感覚を共有している、そう感じるのがいちばん嬉しいのかな、とぼんやり思う。

いままで、一葡に無理矢理《むりやり》くわえさせたのはたくさんいた。けれどそういうときの、相手のサディスティックな興奮ぶりはあんまり好きではなかったし、一葡のそれはおざなりに撫でられるのがいいところで、早く尻《しり》を貸せと大抵急《たいていせ》かされた。

けれど山下は、まるで違う。いじりまわして、泣くまで感じさせるのが好きだと言う。そして、一葡の身体で感じていることも隠《かく》さず、教えてくれる。今日みたいに、早く入れたいというときも、ちゃんと『お願い』してくれて、いじめながらしっかり『だいじょうぶか』と様子をうかがってもくれる。

いまもそうだ。やらしいこと言わせて、ぐいぐい腰を使っているくせに、一葡の汗まみれの頬を何度も何度も撫でてくれる。

（もお、めろめろ）

こんな身体でいいなら、好きにして。そう思ってうっかり、うっとりしてしまうから、本当に一葡が悪いのかもしれない。

おまけに、素直《すなお》な身体は気持ちに直結していて、もっともっと恋人をねだるから、身体のうえで腰を揺《ゆ》する男の声を、動きを、またいやらしくさせてしまう。

「一葡、なにそんなに締めてんの。いいの？」

「やああん、……ぐちゃぐちゃ、なるっ、やあん！」

もっと奥まであげる、と腰を抱《かか》えられ、本当にめいっぱい入れられた。尻の狭間《はざま》に山下の下生えがあたってちくちくして、それがまた気持ちいい。

「昭伸、ぎゅうって、して、ぎゅって……っ」

「してるだろ。一葡、目ぇ開けてこっち見ろよ」

しゃくりあげて訴《うった》えると、こめかみに唇《くちびる》をつけたまま唆される。ゆるやかな愛撫《あいぶ》の途中《とちゅう》ならともかく、こんなに激しく突かれながら目を見てするなんて恥ずかしい。感じすぎてだらしない顔になっているし、いやいやと首を振ったのに、意地悪くつつかれて結局言うなりだ。

(昭伸、すごい、やらしい顔してる)

唇の端《はし》だけあげる笑いは、酷薄《こくはく》な感じがする。どうしてこういうときの彼はちょっと冷たそうに見えるのだろう。そしてこんなに怖《こわ》いのに、ぞくぞくして全部預けて許してしまうけれど、一葡がこの鋭《するど》い顔を好きな理由はもうひとつ。

(うあ……)

怖いくらいの目でまじまじと見たあと、ふっと息をついた山下は、やわらかく目を細めて笑うのだ。いとおしい、とでも言いたいような表情に一葡は赤くなり、つられて笑う。

「なに笑ってんの」

「え、えへ……嬉《うれ》しい」

なにがと問われてしがみつき「昭伸とエッチするのが」と答えると、ぎゅうっと強く抱《だ》きしめられた。一葡、かわいい。そんな呟《つぶや》きが聞こえて、じいんと肌《はだ》が痺れていく。

こんな最中に額をくっつけて笑いあったことなんかない。幸せで泣きたいセックスなんか、一葡は山下とするまで知らなかった。それも一度きりじゃなく、毎回毎回、するたびに幸福感で溢《あふ》れてしまう。

ちょっと意地悪でときどき怖くて、甘くてやさしい。そんな山下だから、もう、どうにでも好きにしてほしいとくにゃくにゃになるのだ。

「笑ってるってことは、まだ余裕《よゆう》か」

「や、ひっ、も、いや、そこ、や」

からかうように言って、山下が腰を大きく揺り動かした。一葡はがくんと仰《の》け反《ぞ》って、淫猥《いんわい》なその動きに耐《た》える。

「あ、昭伸、もういっちゃう……そんなにぐりぐりしたら、いっちゃうっ……！」

「じゃ、もっとだ」

「あん！　あ、あ、ん！」

腰の奥でいちばん好きなところを突いてくる。じゅっ、じゅっ、と音が立っている。いろいろ塗《ぬ》りつけられたものだとか、一葡のそれや山下の性器から溢れた体液だとかが下肢《かし》の間で泡《あわ》立《だ》つくらいになって、下生えがもつれて少し痛い。

夢中になってベッドを軋《きし》ませていると、ふうっと息をついた山下が言う。

「あー……一葡ンなか、痙攣《けいれん》してる。熱くて、溶《と》けそう」

それが、すごく満足そうな声で、恥ずかしいけど嬉しい。ぎゅっとしがみついて、一葡は問いかけた。

「あ、あ、……気持ち、いい……？　それとも、いや？」

「最高、すごくイイ……っ」

　息をつめた山下が、腰をグラインドさせた。もう、一葡を感じさせるというよりも、たまらず動いてしまったというような、獣《けもの》じみて本能的な腰遣《こしづか》い。こういう、ちょっと勝手なことをされるのも、山下ならきらいじゃないから不思議だった。

（ああ、すっごいえっちな動き方する……）

　感じてるんだと思うと、それだけでもたまらない。おまけに、山下のそれは長くて太くて、一葡も強引《ごういん》なくらいに快楽を押しつけられる。

　すごく感じて、ちょっとだけ痛い。でもそれは痛いのか、感じすぎて過敏《かびん》になっているのか、正直はっきりわからない。ただ、どんどんどんどんぬめりがすごくなっていくから、山下のそれから粘液《ねんえき》が溢れてきたのだということだけはわかる。

（昭伸のが、すっごい濡《ぬ》れてる）

　もう、頭の中が卑猥《ひわい》なことだけでいっぱいだった。ぞくぞくっと身体《からだ》が震《ふる》えて、一葡は恍惚《こうこつ》のため息をついた。上下した胸の上には長い指があって、突《つ》き入れるたびにくりくりとそこをひねっている。

「あっ、いい、あっ、あっ、感じ、ちゃう……っ」

「乳首《ちくび》、好きだよな」

「ん、ん、……こりこり、して」

触《さわ》ってもらえない性器が、ぴくんぴくんと跳ねては山下の腹筋にたまにぶつかる。どんどん動きが激しくなると、勃《た》ちあがりっぱなしのそれが上下に揺れて滑稽《こっけい》にも卑猥だ。

ああ、ああ、ともうろうとあえぎながら、脊髄《せきずい》を走るぞくぞくした予感に一葡は震えた。

(もうちょっとで、来るかも……)

うしろだけでいかせたい、とよく山下は言っている。それは単に入れて感じさせるということだけではなく、射精もしないで、女の子みたいな快感を教えこむという意味だ。

そんなことができるのか、経験がないので正直わからなかった。セックスのときはいつも、一葡だって射精していたし、感じればやっぱりそこが反応した。ついでに言えばなんでそんなこと知ってるのか、ちょっと彼氏が怖いなあと思ったりもする。

だがこの日は、痛いくらいに勃起《ぼっき》するのにだらだらと濡れるばかりであまり射精ができない感じがある。それに、抱《だ》かれてしまうとなにもかもわからなくなって、ぐずぐずにとろけるのも自分のほうなので、もう好きにしてくれとしか一葡は言えない。

(今日、もう、変わっちゃうかも。お尻だけでいっちゃうかも……)

前に触られないのに、入れられてかき混ぜられて、乳首をこねられて。恋人《こいびと》のそれでいじめられて——。

「あっ……あっ、あっ」

想像するとちょっと怖かった。怖いけれどでも、さらに感じてしまった。山下になら、身体を変えられてもいいと思って、一葡は硬《かた》くて熱いそれを味わうように腰をくねらせる。

「そこっ……ああ、そこっ……」

「おい……？　一葡？」

泣きべそをかき、我慢《がまん》できなくなってきて、一葡は腰を上下に振《ふ》った。そうすると山下のアレがもっといいところにあたって、かくんかくんと小さな尻が弾《はず》む。

（すごい、すごい、すごい）

頭の中が真っピンクで、あまりに激しい一葡に驚《おどろ》く山下の不思議顔も、もう恥《は》ずかしいとも思えない。ただ、広い胸にしがみついて、「もっとぉ……」としゃくりあげた。

「もっと、突いて、もっと……」

「いいけど、どうしたの」

「ん、あのっ、あのっ……お、おしり、で、いっちゃいそ、で……っ」

「え、マジ……で？」

ぐううっと、その瞬間《しゅんかん》あそこがいっぱいになった。まだ大きくなるんだ、と感心したと同時に、山下がうかがうように腰《こし》をゆるやかにするから、一葡は半狂乱《はんきょうらん》になる。

「やだ、ゆっくりだめっ！　やめちゃ、だ、だめっ」

「……一葡、どうしたい？」

「もっとぉっ、ねえ、もっと」

知ってるクセに、意地悪だ。そして意地悪されると、一葡はもっと感じてしまう。

「もっと？　一葡、お尻《しり》どうしたら気持ちいい？」

「あん、ぐ、ぐちゅぐちゅって、されたい」

ゆらゆら、あやすように揺らされながら。低くて、少しくぐもってやさしい、大好きな声でそう言われると、もう全部さらけ出すしかなくなってしまうのだ。

「一葡……ちょ、んな、締《し》めないで」

「ご、ごめ、むりっ」

「無理って、ったく……あー、やべ、いきそ」

吐息《といき》の混じる熱っぽい声を、胸の奥で受けとめた。感じてくれてるのが、嬉しくてたまらない。

(昭伸がいいなら、なんでもいい。インランでも、ばかみたいでも、なんでも、なんでも)

大好きなひとがそうしろと言うんだから、一葡はなんでもしてあげたい。

入れてもらいながら、キスをいっぱいした。気持ちのいいキスは、山下だけが一葡に教えてくれたものだ。舌を絡《から》めるようなのだけじゃなくて、頰《ほお》や瞼《まぶた》や、耳朶《みみたぶ》にもこめかみにも山下の唇《くちびる》が触《ふ》れてくる。

「ど、しよ……」

「なにが？」

「おれ、もう、昭伸以外とえっち、ほんとにできない」

こんなの覚えて、もう戻《もど》れない。呟くと一瞬《いっしゅん》だけむっとした顔になった山下が、ぐっと腰を引く。あ、と驚いた一葡の身体が、長い腕《うで》に、強引に返された。

「しなくていいよ。一葡のココは俺専用だから」

「ふあっ！　ふあん……また、おっきい……」

つらっと言ってのける山下に、四つん這《ば》いでうしろからされて、一葡は腕の力が抜《ぬ》けた。上半身をベッドに伏《ふ》せる、腰だけ高くあげた状態で、ぱん、ぱん、と尻を叩《たた》くくらいの勢いで出し入れされた。

「ひっ……すご、いー……っ」

全身が性感帯になったように感じて、ものすごい声をあげてすごい格好に脚《あし》を開いて、自分でも腰を揺《ゆ》り動かし、振った。つながったところから、ひっきりなしに音がする。そうされたいとせがんだとおりの、恥ずかしく濡れた響《ひび》きにも一葡は感じる。

「こす、ってぇ、ね……おね、がい」

「んん、だめ。もちょっと、我慢して」

射精したいとせがんでもだめで、自分で触ろうとしたら両手を摑《つか》んでシーツに縫《ぬ》い止められた。そのまますっと揺さぶられ続け、一葡は泣くしかできなくなる。

「も、だ、め、だめぇぇ……っこわ、怖《こわ》いよ、こわいよっ。どっか、飛んじゃうっ」

「怖くないから。だいじょぶだから、そのまま集中して、感じて」

あまりにもよすぎて、本当におかしくなるんじゃないかと怯《おび》えた。おまけに小さな一葡の身体は彼のくれる律動でぐらぐらと揺れて、頭の中も物理的にもどこかに飛んでいきそうだ。

「あふっ、あっい……いい、も、だめ」

「だめ？　こう？」

「あぁあん、そんなこと、だめっ……！」

もう限界と腰を振ると、一葡は叫《さけ》ぶ。開きっぱなしの口からは、喘《あえ》ぎと嬌声《きょうせい》と唾液《だえき》が溢《あふ》れた。酷薄《こくはく》なふうにさえ見える顔で笑う山下が、背後から顎《あご》を掬《すく》いあげ、それを全部キスで吸い取られたあと、振りほどくようにかぶりを振って逃げ、一葡はシーツに倒《たお》れこみ、握《にぎ》りしめる。

「あ、だめ、あ」

「いく？　一葡、いく？」

「んあ、いく、あ、あ、……あ？」

頭が、くらくら、ちかちかする。そう思ったらなにか縋《すが》るモノがほしくて、でもなにもなくて、ずるりと引っぱってたぐまったシーツに噛《か》みついた瞬間、『それ』が背筋を一気に這《は》い上がった。

「っあ、ああ、ン――……！」

「……っ、う、わっ」

シーツを嚙んだままというのに、ものすごい声をあげた一葡が、がくがくん！　と身体を跳《は》ねさせた。そのあとにぐったりと力を失い、ぺしゃんとシーツに潰《つぶ》れてしまう。背後で山下が一瞬動きを止め、ややあってぶるっと全身を震わせた。

「あ……すっげ……一葡……」

どっと溢れるほど注がれたものを、あそこの粘膜《ねんまく》がまるで啜《すす》るようにしている。一葡がそのことに気づいたのは、耳鳴りがおさまり、山下の呻《うめ》くような声を聞いてからだ。

「なに、おまえ。おしりでいくと、こうなっちゃうの……？　なんか、吸い取られた」

すごすぎ、と呟《つぶや》いて背中を抱きしめられても、なにも言えなかった。ただ、小刻みに痙攣《けいれん》しながら、まだシーツを嚙んでいる。

「……一葡、どした？」

問われても、物理的に答えられなかった。唾液でぐしょぐしょになったシーツを嚙んだまま、一葡は、ぷる、と頭を振った。顎に力が入りすぎて、自分で口も開けない。涙目《なみだめ》の顔を覗《のぞ》きこんだ山下は、混乱をそこに見つけて、少しだけしまった、という顔をした。

「……いきすぎた？　力、抜けない？」

「ウウ……く、はっ」

こめかみを押され、顎を捕《つか》まえられて、嚙みしめ続けていたシーツを取ってもらう。とたん、げほげほと咳《せ》きこんだ一葡は、大きな目からぼろぼろと涙が出るのを他人事《ひとごと》のように感じていた。表情も変えずに泣く一葡に、山下のほうがぎょっとしたようだった。

「あ、ああ、ごめん、ごめん一葡。やりすぎた」

大あわてで抱きしめ、頭を、背中を撫《な》でる山下の腕のなかで、一葡はまばたきを忘れた目から、ぼたぼた涙を落とし続ける。涙腺《るいせん》が壊《こわ》れたみたいだった。

「び……びっくり、した」

「ん、びっくりしたな。ごめんな」

よしよし、と目尻《めじり》にキスをされて、それでやっと瞼が閉じられた。ほっと息をつくと、いまごろになって震《ふる》えがきて、顔をくしゃくしゃにして山下にしがみつく。

「うえ……びっくりしたぁ～……」

「ああ、もう、ごめんて。まいったな」

死ぬかと思った、怖かった。そう言ってわんわん泣いた一葡に、山下は困った、まいったと言いながらなんだか嬉《うれ》しそうだった。それが理不尽《りふじん》に思えて脇腹《わきばら》をつねってやったけれども、年上の彼氏は笑うばかりだ。

「ばかーっ、昭伸のばかっ、ほんとに怖かったのに！」

「あー、ごめんって。でも嬉しいんだよなあ」

笑う男の広い胸をぼかぼか殴《なぐ》りつつ、「すけべ！　最悪！」と泣いて怒る一葡は、胸の裡《うち》で呟く。

（ほんとにつけあがった……っ）

大智の言うことは正しかったといまさら思い知るけれど、ごめんごめんと悪びれず、ひたすら一葡をぎゅうぎゅう抱きしめる男に、結局はめろめろしている。

「ごめん、でも、いった顔、すげえかわいかった」

「知らない……」

「ほんとかわいい、一葡」

だからまた見せてと、怖いことをねだられた。

きっと、いやだなんて言えないまま、言うなりになってしまうのだろう自分に、一葡は少し呆《あき》れながら、ご機嫌《きげん》の彼氏の背中にぎゅうっと腕をまわす。

無茶《むちゃ》をされて、泣かされて、はじめてのタイケンまでさせられて。正直、どこまでいっちゃうのかなと怖くもあるけれど。

「昭伸、だっこ」

「はいはい」

「ちゅー」

「ん」

「……ときどきなら、いいよ」

髪《かみ》を撫でて、顔中にキスしてくれる相手に、ぼそりと告げる。たぶん真雪あたりには、甘過ぎだと怒られるだろうけれども、しかたないのだ。

少なくとも、一葡が泣いたら山下は絶対放っておかない。泣かせたあとは、その百倍は甘くなるし、たぶん自分が理由じゃなくて一葡が泣くことになったら、一万倍くらい甘くなる。

それに、幸せのハードル低くないかと案じてくれる恋人《こいびと》は、本当の意味で一葡を傷つけたりはしないと、知っている。

(ぎゅってされて、しあわせ)

変わる身体《からだ》も、彼のためなら受け入れる。ぜんぶあげるからと預けきる、一葡のほうがきっと、業《ごう》が深いのだ。そしてそれをまるごと全部、引き受けてくれる山下に、こよなく惚《ほ》れきってしまっているので。

「でも、昭伸、おれがもっとエッチになったら、責任とってくれる?」

首をかしげて、まだ涙の残る目で問いかけると、やさしく目を細めた彼は「当然」と笑ってうなずいて、一葡のへたくそなキスを嬉しそうに、ねだった。

＊　　＊

おまけ・山下視点

　ひと味深くなったようなトムヤムクンのスパイス配合を教わりに顔を出すと、大智は呆れかえったような顔で「おまえね」と言った。

「なんだよ。こんなのの配合なんか、あとでメールでもすりゃいいだろ？　奥菜ちゃん、うっちゃらかしてまですることかよ」

「でも気になったんですよ。どうやったんすか」

　呆れた、という顔をしながら、大智はメモ帳を投げつけ調理場のスパイス棚《だな》を指さし、「あれとこれとそれ」をこうやってあーした、と大変大雑把《おおざっぱ》な答えをくれた。ひと味増えているのは、どうやらこの間の旅行で、現地から仕入れたスパイスらしい。

「これ輸入ＯＫ？」

「じゃなきゃ店で出せねえだろ。ただ、すげえ小口のルートしかねえから、入れるなら曽我《そが》さん通すしかないの」

「本店だけじゃなくてうちにも譲《ゆず》ってくださいね。よろしく」

「だぁから、オーナーに直《じか》で言えよ新店店長」

「今日は仕事じゃないんで」

しれっと言ってのけると、大智はうんざりしたように眉《まゆ》をひそめた。

「おまえ、前よか、図々《ずうずう》しくなってねえ?」

「肝《きも》が据《す》わったって言ってくださいよ。いろいろ変わらざるを得ない状況《じょうきょう》だったんですし、そういう変化は当然でしょう」

必要なメモをとり終え、よしよしとうなずいた山下に、大智は目を丸くした。

「それって、店のことだけじゃねえよな」

「決まってるでしょう。まあ、仕事についてもでかいですけどね。最終的に、ひとひとりの人生に責任持つわけなんですから、腹もくくりますよ」

「……そこまでマジなの?」

呆気《あっけ》にとられたような大智が呟くのに、山下は苦笑《くしょう》してみせる。

「あのですね。俺もともと、ノンケっていうんですか? そっちだったわけですよ。恋愛《れんあい》について、性別無視することとってできなかったし、一葡に関してはもはや、俺的に天変地異というか、コペルニクス的転回というか、そんくらいの出来事で」

「あー、まあね」

まあそれ以前に恋愛そのものに興味もなかったんですけど、と肩《かた》をすくめ、山下は続ける。

「でも、はまっちゃったし、ほっとけないですから。それにあいつは、適当につまんだり、適当に遊んだりしていいような、そういう子じゃないですから」

全容を問うたわけではないけれど、一葡は実家と相当なトラブルがあったらしい。要因は、性癖《せいへき》についてはむろんのこと、それ以外でも複雑だったようだ。

――聞いたら引くと思うから、言わない。

同居に関しても、強引《ごういん》に押したのは山下のほうだった。バイトをかけもちして専門学校に通って、へとへとになりながらひとりで踏《ふ》ん張る一葡を見かね、まずは朝晩の弁当を持たせて、惚れられた強みにつけこんで拉致《らち》して、徐々《じょじょ》に荷物も移させて、家賃もったいないからアパート解約するぞと、こればかりは上から目線で押し切ったのだ。

「実家にも紹介《しょうかい》しましたしね、まあ、ゆくゆくは、あれはうちの子っつか、嫁《よめ》にしますんで」

「うちの子……つか、嫁って？　籍《せき》入れんのか？」

「んー、具体的な手続きもそのうち、とは考えてますけど、まずは精神的な意味で。あれに、居場所をちゃんと、作ってやりたいんで」

とりあえず葉菜子にだけは話を通したと告げると、大智は眉をひそめて唸《うな》った。

「なあ。奥菜ちゃん、葉菜子さんに話すって知ってたのか、それ」

「言ってませんよ。あいつ、そういうのびびるから。事前に話したら言い訳大臣になって、俺の言ったこと全部否定するだろうし」

カミングアウトはまず一葡に話してからにしろ、と朝倉や葉菜子に叱《しか》られたが、そんな前ふりをしたら一葡は猛反対《もうはんたい》するに決まっている。強行突破《きょうこうとっぱ》以外に方法はないのだと言うと、大智は感心しきった顔で「はあ」と口を開けていた。

「俺、おまえがそこまで他人に強引に関《かか》わるの、はじめて見た」

「でしょうねえ、したことないです」

「……つか、そこまで一気呵成《かせい》にいっちまって、いいのか？」

まだつきあいだして一年程度しか経《た》たないだろう。眉をひそめる大智に、山下は「時間じゃないんじゃないですかねえ」とのんびり答えた。

「そもそも生まれてこのかた、ああまで俺に関わってきたやつ、いませんし。たぶんあれ以上に惚れてくれるのもいないし、俺も以下同文ですし」

手のなかのメモを見おろして、山下はくすりと笑った。なんでそこで笑う、と大智が首をかしげる。

「いや。あいつほんとに、わがまま言わないっつうか。俺けっこう、最近仕事仕事なんで、かまってやってないんですよ」

「まあ、そうだろうな」

結局こうして仕事のことに気が行ってしまう。いま打ちこんでいる仕事については、やはりほかのなにもかもが吹《ふ》っ飛んでいく。逆をいえば、こうまで真剣《しんけん》に取り組むのも、いままでにはないことではあった。そのせいで、加減がよくわからないのも、山下は自覚している。

「前はね。相手の言うとおりにするほうが楽だな、と思ってたんですよ。そのせいか、たまにこうして俺のしたいことで我を通すと、よけいに気に障《さわ》ったみたいで」

「あー、まあ、そうかもな。おまえにエスコートされた女って、贅沢《ぜいたく》になりそう」

客商売の家で育ったせいか、山下はどこか人間関係のすべてを、接客と同じスタンスで考えていた。深いつきあい、つまりは恋人と呼ばれる相手に対してもそれは変わらず、彼女にしてくれと言った女の子たちにも、いつでも穏和《おんわ》に接していた。

とはいえ、結局は途中《とちゅう》でボロが出たのだろう。やさしすぎて怖《こわ》い、というのが毎度のふられパターンではあったが、それというのもこうしてときどき、山下が山下の意志を優先しようとするときに、完璧《かんぺき》に相手のことを忘れているのを、見透《みす》かされたんじゃないかと思う。

「でも、一葡は最初っから、俺の勝手なところ、知ってて。一時期は弁当持たせてやったりしてたけど、ここんとこは無理で。そうすっと、あいつのほうがスケジュールつまってるくせに、一生懸命《けんめい》、メシ作ったりね。今日出かけるのも、ほんとにひさしぶりだったんですけど」

大智や真雪にも呆《あき》れられ、山下自身もよくないかな、と少し気まずいのに、一葡はけっして咎《とが》めない。むしろ、いってらっしゃい、とにこにこ送り出してくれる。

仕事でいらついて帰ってきても、怒りもせずに、「疲《つか》れてるならマッサージしようか」と言い出して。

「自分だって学校行って、仕事してきたくせに、『店長さん、今日も一日お疲れさまでした』って……俺の肩揉《かたも》んで、ころころ笑ってんですよ。なんかねえ、そういうの見ちゃうとねえ」

「見ちゃうと、なんだよ」

「やー、これ、俺が幸せにしてやんないとでしょ、とか思いました」

思いきり真正面からのろけた自覚はある。大智にはてっきり茶化《ちゃか》されるかと思ったけれども、彼は目を細めて「ふうん」と笑っただけだった。

「うん、いんじゃね？　そういうの、俺きらいじゃないわ」

「そうですか？」

「つか、俺にはそういうの、できねえからさ。……ちっと、敗北感かなあ」

ふ、と苦く笑う大智の顔に、山下は無言になった。今日は一度も瀬里の姿を見ないことには気づいていたし、この根無し草のような男にも、そうしなければならない、大智なりの理由があることだけは知っている。

そしてそのことで、大智と瀬里の間には年中、微妙《びみょう》な問題が起きていることも、いまでは知っているけれど。

「そこは、それぞれの歩きかた、だと思うんで、俺的にはなにも言えません」

「まあねー、そうだね」

「まあ、それとついでに言えば、男として、先輩《せんぱい》の生きかたに憧《あこが》れるもんはあるんで。俺的には、先輩には変わってほしくない気も、ちょっとしますけどね」

大智はその言葉に小さく笑うだけで、なにも言わなかった。肝心《かんじん》の部分になると、どうしようもなく閉じたところのある彼は、瀬里と出会ってからも大きく変化したところはない。ただ、以前よりも確実に、迷いや惑《まど》いが顔に出るようになった、それが変化と言えば変化だろうか。

「……俺は、一蔔に捕《つか》まって、そうあるのが落ち着く。それだけですよ」

「よかったんじゃん？」

「よかったですよ」

「……のろけんなよ。こっちはけんか中だっつのに」

「そこは自分でがんばってください」

「つめてぇー」

ははは、と力なく笑う彼に、かける言葉はない。大智も、山下にそれを求めはしない。ふだん、果てしなく陽性な気質に見せかけて、図々しいくらい他人に対して関わってこようとする男のなかにある、あいまいで混沌《こんとん》としたなにか、それに気づいていても、山下は指摘《してき》しない。

そういうスタンスで、つきあってきた。そして大智のその奥に触《ふ》れる権利があるのはおそらく、いまはここにいない、あのきまじめでおとなしい青年なのだろう。

この重たさを、世慣れない彼が抱《かか》えるのは大変であることは容易に知れる。けれど、なんとか頑張《がんば》ってくれと、山下は思った。

「じゃ、とりあえずさっきの件は、話だけでも通しておいてくださいね」

「はいよ、了解《りょうかい》」

仕事の話でしめくくり、バックヤードを出た山下は、恋人《こいびと》の座る席へと向かう。真雪を相手に、なにか楽しげに笑いながら話す一葡を、しばらく遠くから見守った。

(んっとに、まんまるで)

ちんまりとした丸い後頭部、小柄《こがら》な身体《からだ》。この間発覚したことだが、自分より二十五センチも小さな一葡は、じつのところ真雪よりも身長が低い。

一緒《いっしょ》に眠《ねむ》ると、本当に懐《ふところ》にもぐりこんでしまえる。ふざけて、脇《わき》に手を入れて、子どものように抱《だ》きあげてみたらあまりに軽くて、山下のほうが驚《おどろ》いたことさえある。

(なのに、おまえ、俺のこと全部、持ってけちゃうもんなあ)

一葡の懐深さや、健気《けなげ》な一途《いちず》さ、辛抱《しんぼう》強さは、彼の味わってきた痛みのせいだ。つらくても笑っていれば、そのうち気持ちがごまかされるからいいんだと、なんでもないことのように言った一葡に、山下の堅牢《けんろう》な涙腺《るいせん》がゆるみそうになったことがあった。

暗闇《くらやみ》を知っているから、明るくあろうとする。その明るさを鈍感《どんかん》さだと決めつけ、冷たい目で見ていた自分こそが、どれだけ鈍《にぶ》くてひどい男だったのかについては、思い出すだけでいたたまれなくなるけれども——表面のやさしさであったとしても嬉《うれ》しかったと笑った一葡に、たぶん落とされた。

小さい身体で、がんばってがんばって。明るく振《ふ》る舞《ま》う一葡を見ていると、とてつもなくせつなく、そしていとおしいと思う。

「ごめん、一葡。お待たせ」

「んーん。早かったね」

けっこうな時間が経ったと思うのに、柚シャーベットを食べながら、にっこりと一葡は微笑《ほほえ》んだ。

一葡は、ものすごく美形、とかそういう顔じゃない。格別スタイルがいいわけでも、抜《ぬ》きんでて輝《かがや》いているような、特化した才能があるわけでもない。けれど、子どもっぽい鼻のまるさが、明るい笑顔《えがお》が、山下にはなによりもかわいらしく魅力《みりょく》的で、大事で、いとおしい。

日々をきちんと生きて、誠実に努力する、あたりまえでむずかしいことを、さらっとしてのける。見た目よりずっとおとなの、大事な恋人。

(俺も、がんばらないとなあ)

山下の恋人は、幸せのハードルが、本当に低くて、ときどき哀《かな》しい。でも、だったら自分がそれを、少しずつあげてやればいいか、と山下は思う。

「昭伸がいるだけで、いいもん。おれ」

欲《よく》がないと指摘したら、チーズムースのように甘くふわふわとした顔で言われて、山下は思わず口走りそうになった言葉を呑《の》みこむ。

(ああもう。おまえは嫁《よめ》に来い、早く。べったべたにかわいがって、幸せにしてやるから)

そしてもっともっと贅沢になってくれればいい。

一葡の重さ。責任の重さ。誰《だれ》かひとりを幸せにするのは本当にむずかしくて、迷ったり間違《まちが》ったりもするのだろう。

けれど一葡程度の重たさくらい、山下には苦でもない。そもそも一葡と出会わなかったら、そんな大事な重さ自体を、きっと知らずに生きていた。

毎日、充分《じゅうぶん》、ふつうに、しあわせ。

山下は得難《えがた》い充足《じゅうそく》と幸福をくれた恋人のまるいおでこを指でつついて、『同感だ』と、胸の中だけで呟《つぶや》いた。

END

胸を焦がせばあえかな海

神奈川県某所《ぼうしょ》にある美術館のなか、大澤笙惟《おおさわしょうい》は自分のまえを歩く、端整《たんせい》なスーツ姿の男の説明に、耳を傾《かたむ》けていた。

「――いま歩いて頂いたのが閲覧《えつらん》ルートになります。これらの順に並んだ展示作品を、国内外の来訪者に対して詳《くわ》しく解説するためのナレーションがほしいわけです」

「なるほど」

うなずいて、笙惟はあらためて豪奢《ごうしゃ》な美術館の内装を眺《なが》める。建築のことはよくわからないが、素材、デザイン、どれを取ってもパーフェクトなうつくしさであることは間違いない。

緑生《お》い茂《しげ》る自然との調和をテーマにしたこの『志澤《しざわ》美術館』は、日本でも有数の複合企業《きぎょう》である志澤グループのかつての総帥《そうすい》、志澤靖彬《やすあき》が趣味《しゅみ》と実益を兼《か》ねて設立した美術館だ。

近隣《きんりん》には温泉地もあるという立地のためかこの手の施設《しせつ》にしては集客力もよく、またその建物自体がシンプルながらうつくしく、晴れた日にはたっぷりとした陽《ひ》の光が降り注ぎ、館内を歩いているだけでも森林浴気分が愉《たの》しめる。

なかでも目玉なのが、オープン目前の別室だ。まだ真新しい建物特有のにおいに満ちている壁面《へきめん》には、もっとも絵をうつくしく見せることを計算されているのだろう配置で作品がずらりと並んでいる。

　それらはすべて、孤高《ここう》の画家と言われ、日本近代美術史のなかでも異端児《いたんじ》と呼ばれた、一之《いちの》宮清嵐《みやせいらん》なる日本画家のものであり、作品のほとんどが靖彬翁《おう》のコレクションであるらしい。

「ナレーションはスピーカーで流したりするわけですか？」

「いえ、あくまでルートどおりに行く方ばかりではないので、操作ボタンつきの機材とイヤホンを受付入り口で入場者に無償《むしょう》で貸し出し、目的の絵の前に来てナンバーを押すとその説明が聞ける、というものになります」

　すでに書面で確認《かくにん》している依頼《いらい》内容を繰《く》り返され、筆惟はうなずいた。この口はその手順確認と打ち合わせ、そして状況《じょうきょう》を知りたいと告げた自分の下見がてら、わざわざ出向いたのだ。

「予定としては、日本語はもちろん、英語でのバージョンもとは思っております。現時点ではそれ以外の他国語についてはまだ未定ですが」

　書類を片手に説明を終えたクライアントはそこで言葉を切る。反応を見られたかなと思いつつ、筆惟はしげしげと展示されている絵を眺めながら質問を口にした。

「その場合、俺は日本語だけでよろしいんですか？　英語は？」

「問題はないとは思うのですが、一応専門用語の頻発《ひんぱつ》する美術解説ですから、ネイティブスピーカーに頼《たの》むつもりです」

　クールな横顔で説明を続ける彼にもう一度頷《うなず》き、概要《がいよう》は理解したと筆惟は示した。

「了解しました。レコーディングなどの手配については、後日またスケジュールの相談が必要になりますでしょうが」

「お引き受けいただいたと考えてよろしいでしょうか」

「けっこうです。正式な書面についてはいずれ、事務所のほうで」

うなずくと、クライアントはかすかに口元を綻《ほころ》ばせる。滅多《めった》に笑わない男の機嫌《きげん》のよさそうな表情に、おや、と筆惟は目を瞠《みは》った。だがその意外そうな反応に、かすかな笑みはすうっと、幻《まぼろし》のように消えていく。

クライアントの名は、志澤知靖《ともやす》。この美術館を設立した志澤グループの血族である彼は、経済界ではかなりの辣腕《らつわん》で知られた男だ。

しかし、表だってその名が出ることがないのは、現社長の隠《かく》し子であることが大きいことも周知の事実で、その出自はいわゆる、公然の秘密となっている。

(ま、いつまで陰《かげ》の存在でいるか、わかりはしないけど)

彼はその身をグループに預けてからずっと、傍系《ぼうけい》の赤字部門ばかりを押しつけられ、そのたびに業績を好転させてはのし上がってきたと聞く。いずれはトップの座を狙《ねら》っているのだろうけれども、ああした大きな企業では険しい道だろう。飼い殺されるか、獅子《しし》身中《しんちゅう》の虫となるのか、それはときが経《た》ってみなければわからないが、筆惟のカンではいずれ彼の思うままになるだろう。それだけの器《うつわ》はある男だと感じる。

「しかし、久々にこういう仕事をしますよ。志澤さんとも、ずいぶんおひさしぶりですね」

「五年、いや七年ぶり……くらいですか？　当時はお世話になりました」

「いえいえ、こちらこそ」

まだタレントＤＪだった時代に、笙惟は志澤グループのＣＭナレーション仕事を引き受けたことがあった。今回の一件は、当時その制作担当だった彼がわざわざ笙惟へと依頼をくれたもので、人間なにがどう仕事につながるかわからないなと思う。

「大澤さんは、本職のほうはいかがです？」

「はは、相変わらずの地方局でＤＪやってます。こういうアカデミックな仕事は久々ですし、緊張《きんちょう》しますね。それこそ、志澤さんと最初に仕事したとき以来で」

「そのわりに堂々としてらっしゃいましたが」

それはそうだろう、と笙惟は内心こっそり舌を出した。こんな厳しそうな男の前で隙《すき》を見せたら、いったいどこから突《つ》っこみを食《く》らわされるかわかったものではない。顔には出さないものの、正直かなりなプレッシャーを感じていた。

おかげでナレーション録りは一発ＯＫだったけれど。ぐるりと美術館を眺め、軽いため息をついた笙惟はふと、話がきた当初からの疑問を口にした。

「けど……なんで俺です？　声優でもナレーターでも、もっといろいろいるんじゃないかと」

喋《しゃべ》りが仕事とはいえ、笙惟はさほどナレーション仕事をしたことはない。もっと専任の人間がいくらでもいるのではないかと問えば、志澤はあっさりと言ってのける。

「せっかく同じ県内で、それも地元をバックアップすることも多いラジオ局でお仕事していらっしゃいますしね」

感情を見せない志澤の声は、腹の奥に甘く響《ひび》くような美声だ。いっそあんたがナレーションしたほうがいいんじゃないのかね、という本音は飲みこんだまま、笙惟も営業用の笑《え》みを浮《う》かべた。

「まあ、そういうことならせいぜい、番組でもインフォメーションさせていただきます」

「ありがとうございます」

「ふだんの軽い喋りの印象で、こちらの格を落とさないといいんですけどね」

おどけたように肩《かた》を竦《すく》めると、志澤は笑いもしないまま、笙惟の自尊心をくすぐるような台詞《せりふ》を吐《は》いた。

「いいえ。この別室のナレーションについては、あなたの声がいいと思ったので」

「……そうですか？」

「ええ。一之宮清嵐は日本画といってもかなりアバンギャルドなタイプの画家でした。どこかそういう、規格外の放埒《ほうらつ》さがある。重々しく語るのではなく、軽《かろ》やかな声で馴染《なじ》みやすい、そういうものがいいと思いました。そのうえで、きっちりと滑舌《かつぜつ》もよく品のある声、という条件で考えた際、大澤さんがいちばん適任かと判断した次第《しだい》です」

けっこうな褒《ほ》め言葉だが、素直《すなお》に照れるにはもうずいぶんひねくれてしまった。静かに微笑《ほほえ》んで「ありがとうございます」と告げた笙惟は、七年経っても完璧《かんぺき》な志澤の顔にしばし見惚《みと》れる。

（相っ変わらず、嫌味《いやみ》なくらいに色男だよなあ）

自分自身も派手造りな自覚はあるけれども、笙惟のそれは表情のせいか性格ゆえか、どこかファニーな雰囲気《ふんいき》の崩《くず》れがあって、案外と庶民《しょみん》派で馴染みやすいらしい。

対して目の前のぴしりとしたスーツ姿の男の端整さは、なんだか近寄りがたい印象がある。それこそこの美術館の一角にこのまま飾《かざ》っておいたらいいのでは——と感じるほどの正統派の美形だ。

たしか六つくらいは年上のはずだが、青年の若々しさと大人の男の迫力《はくりょく》が同居していて、ただ長身であるというだけではなく、纏《まと》うオーラのすさまじさに圧倒《あっとう》されそうになる。

「しかし、志澤さん直々の打ち合わせとは思いませんでしたよ。相変わらずお忙《いそが》しいんじゃないですか？」

あの当時でも辣腕をふるっていた志澤のことだ、おそらくいまではずいぶんな地位にいるだろう。てっきり誰《だれ》か代理の担当責任者が出てくると思っていたのだが、直接に説明をすると言われて驚《おどろ》いた。

「……この件については、やれる限りのことはやりたいので」

（あれ）

笙惟の耳には、彼の声がどこか不思議に思えた。なんだかずいぶんソフトな物言いだ。無駄《むだ》を省いて合理的にものごとを進める男にしては、ずいぶん情緒《じょうちょ》的な印象の呟《つぶや》きだった。

だが、どこかひっそりと甘いそれに笙惟が目を瞬《またた》くと、気づいた志澤はすっとその表情を引っこめてしまう。

「まあ、今回もよろしくお願いいたします」

「こちらこそ」

お互《たが》いに仕事用の微笑を浮かべつつ軽く握手《あくしゅ》を交《か》わす。しかし、やはりかすかな違和《いわ》感を覚えて、笙惟は一瞬沈黙《いっしゅんちんもく》した。

「なにか？」

「いや。お変わりないと思いましたけど、やっぱり少し印象が違《ちが》う気がしますね」

「それは、さすがに当時はまだ二十代でしたし、七年経って変わらないというのも」

苦笑《くしょう》を浮かべた志澤に、そういうことではないのだがと笙惟は思う。

「んー、というかここからは仕事の話は抜《ぬ》きで。……志澤さん、いいひとできたでしょ？」

けろりと問いかければ、志澤は一瞬目を瞠った。ややあって、ふっと眼鏡《めがね》の奥の理知的な瞳《ひとみ》を細める。

「あなたも、相変わらずですね」

「直球が売りなもので」

にやっと笑うのは、お互いの性癖《せいへき》をすでに知っている気安さからでもある。

じつのところ、仕事で絡《から》んだという以外にも、笙惟は少し志澤を知っていた。知りあった当時、つきあっていた男――遠藤《えんどう》に連れられていったその手の連中が集まる店で、幾度《いくど》か見かけたことがあったからだ。

ひときわ目を惹《ひ》く男で、とにかく群を抜いてもてていた。見るたびに相手は違ったけれどもすさんだ様子はなく、しかしいつもどこか冷めきっていて、そのつれない感じがまたいいと、あちこちで囁《ささや》かれていたのを知っている。

「ほんっと見事に上手に遊ぶって評判でしたからね。いっぺんお手合わせ願えばよかったかな」

「思ってもないことを、そうあっさり言うもんじゃないでしょう」

軽く試《ため》すよう見つめてみれば、さらりと受け流される。べつに本気で口説くつもりもないけれど、あしらいのうまさだけは健在か、と少しおもしろくなかった。

「あらま、ふられちゃった。つれないことで」

「本気かどうかの区別はつきますよ。あなたもあまり、火種を作るような発言は控《ひか》えられたほうがいい」

くっと片眉《かたまゆ》をあげて笑うさまが、憎《にく》たらしいほどに似合っている。息が止まりそうなほどの完璧な微笑に、笙惟はお手上げな気分になった。

「まあそりゃ、むろん本気じゃないです。第一、志澤さんみたいなタイプとつきあうと、気苦労が絶えなそうですしねえ」

「どのような意味で?」

「わかってんでしょうに」

ひとめで超一流《ちょういちりゅう》とわかる容姿に、品のいい物腰《ものごし》、容赦《ようしゃ》がないほどに有能な仕事ぶり。

ただそこにいるだけでコンプレックスの原因になりそうな相手というのは、憧《あこが》れはすれど身近につきあうには適していない気がする。

(ま、アレもちょっとそういう感じだけど)

ふと、現在のところ最長記録を保ってつきあっている年下の男の顔を思い出した。ただし笙惟の恋人《こいびと》の場合は、まだ若さという甘さと青さが加味されるぶん、かわいげもあるだろう。

そう思って、いったいどんな相手がこの鉄仮面を落としたのやら——と考えていれば、すっと志澤が耳元に唇《くちびる》を寄せてくる。

「そちらこそ、情熱的な相手にはいろいろ気をつけるように釘《くぎ》を刺《さ》した方がいい」

「……っ、は、はい?」

たぶんこれは意趣返《いしゅがえ》しなのだろう、わざと耳の奥から官能を揺《ゆ》さぶるような低音で囁かれる。

不覚にも、その美声にはぞくりとさせられた。一瞬硬直《こうちょく》した笙惟にふっと口元を綻《ほころ》ばせ、志澤は長い指で自分の首のうしろをとんとんと叩《たた》く。

「わたしくらいの身長にならないと見えませんが。首筋の、このあたりになにかあります」

「え……？」

頸骨《けいこつ》の少し下あたりを示したそれに、笙惟は一瞬ひやりとした。そこにはおそらく、数日前に会った恋人が残した痕《あと》があるだろうことを、淫《みだ》らな記憶《きおく》の中から拾いあげたからだ。

――なあ、ここ、いい……？　どう？

うしろから自分を揺さぶりながら、長い髪《かみ》がこぼれたうなじを執拗《しつよう》に舐《な》められたあのときには、もはや意識はもうろうとしていたけれど、細い首にキスを繰《く》り返されていたのはなんとなく覚えている。

見える位置にキスマークがついた場合には、毎度容赦なく蹴《け》りあげてやるけれど、背後のそれまではわからなかった。

(あのばか、思いっきり吸いつきやがって！)

顔には出さないものの、気まずいことこのうえない。三日以上経《た》ってまだ残っているとなれば、すでに痣《あざ》のようになっているはずだ。それにはそうとう強く吸われなければ無理な話で、当然かなりの痛みが伴《ともな》うはずなのに、まるで気づいてもいなかった自分も恥《は》ずかしい。

とっさに手のひらで押さえると、くすりと志澤は笑ってみせる。なまめかしいものが滲《にじ》んだその笑みに、食えない男だと歯がみしたくなる。

だがその悔《くや》しさはみじんも覗《のぞ》かせず、笙惟はゆるやかに微笑んでみせた。

「しつけの行き届かないのがひとりいますんでね。お見苦しいものを見せました」

「大澤さんのそういう顔もめずらしいですね。そちらこそ、いいお相手でも？」

「ま、ご想像におまかせします」

内心では、あのクソガキめと罵《のの》りつつ、笙惟もまた余裕《よゆう》の笑《え》みを浮《う》かべてみせた。そのじつ動揺《どうよう》はまだ去らないままで、手のひらがじりりと痺《しび》れている。

それは愛撫《あいぶ》の痕を見られた羞恥《しゅうち》だけではなく、さきほど囁かれた声の残響《ざんきょう》がまだ耳の奥に残っているからだ。

（つーかどこにあんなエロ声隠《かく》してんだ、このひとも）

上品で温度も低そうで、淫らごとなど知らない、というふうな印象が強い志澤の、ひそめた吐息《といき》混じりの声は、予想以上に淫靡《いんび》なものがあった。たぶんベッドの中でもそれなりに——というか相当、いい仕事をするのだろう。

フリーで遊び歩いていたころにはちょっとくらい弄《もてあそ》ばれてもいいかな、と思わなくもなかったが、やっぱりこんな男とはつきあいたくない。

薄《うす》い唇がやんわりと歪《ゆが》むのもそそられる感じがするけれど、なんでも見透《みす》かされている状態というのは笙惟はあまり好きではないのだ。

「さて、説明は以上です。ラウンジもありますので、お茶でもいかがです？」

「ああ、そうですねえ……」

だが仕事相手としては率直《そっちょく》でやりやすいし、クレバーな志澤と話すのはおもしろいとは思う。からかわれたのは業腹《ごうはら》だが、さきに煽《あお》ったのが自分である以上文句は言えない。

（しっかし、こんなのとどうやってつきあうっつーのよ）

怖《こわ》くてかなわん、と思いながらも社交辞令的な会話を交わしつつ歩いていると、ふと志澤がその長い脚《あし》を止めた。どうかしたのか、と問うよりも早く、まだ関係者以外は入れないはずの別室の入り口に、きゃしゃなシルエットを見つける。

「藍《あい》？　どうしたんだこんなところで」

（……はい？）

笙惟は一瞬、その声を発したのが志澤とは思えなかった。いや、声音《こわね》自体は変わらず平静な響《ひび》きであるのだが、その中にこもる温度がまるで違う。

さきほどのやや卑猥《ひわい》なからかいの際に覚えたのとも違う違和感に、内心首を傾《かし》げていると、声をかけられた少年がぱっと顔をあげた。

「あっ、知靖さん」

まだ十代だろうか、頭も小さくバランスのいいスタイルなので遠目にはわからなかったが、近づいてみるとけっこう小柄《こがら》だった。

（うわお。お人形ちゃん）

そしてまた、間近に見た藍のうつくしさにも瞠目《どうもく》する。芸能人など見慣れている筌惟だけれど、これはもうひととしての格が違《ちが》う、と思わされるようなタイプだ。

現代日本にまだ、こんな清潔な美少年が存在したのかとかなり驚《おどろ》いていれば、容姿に似合う涼《すず》やかな声が申し訳なさそうにひそめられた。

「どうしたんだ……こんな遠くまでひとりで？」

「いえ、おじいちゃんが誘《さそ》ってくださったんです。オープン前に一度、見たいだろうからって」

なごやかな雰囲気《ふんいき》で交《か》わされる会話にふと、藍と呼ばれた彼が志澤の声になにも驚いた様子がないことに気づく。

不躾《ぶしつけ》とは思いつつも凝視《ぎょうし》していると、ふっと藍が筌惟の視線に気づいたようだった。

「あ、お仕事中でしたか？　すみません、お邪魔《じゃま》してしまいました」

「いえいえ。志澤さん、こちらは？」

「ああ……すみません。いま紹介《しょうかい》します」

そつのない志澤にしてはめずらしく、藍の指摘《してき》にはっとしたように振《ふ》り返る。見たことのない表情には「おや」と片眉をあげたのみで、筌惟はあえて指摘することはしなかった。

「失礼しました。この別室の、一之宮清嵐氏のお孫さんで、藍くんです。藍、こちらは今回、ナレーションを引き受けてくださる、ＤＪの大澤筌惟さん」

「なるほどお孫さん。あ、どうもはじめまして」

自覚しているあたりいやらしいと自分でも思うが、大抵《たいてい》のものなれない相手は笙惟がこうして微笑《ほほえ》みかけると、その笑顔にぼんやり見惚《みと》れることが大半だ。しかしふだん志澤を見慣れているせいなのか、それとも本人が礼儀正《れいぎただ》しいのか、いっさい動じた様子もないまま、藍はにっこりと笑顔で挨拶《あいさつ》をした。

「はじめまして、今回はお世話になります。祖父の絵の解説をしてくださるんですね？」

「及《およ》ばずながら頑張《がんば》りますよ。ところで、おじいちゃん……って言ってましたけど、先生は、たしか……？」

もう半年ほど前に亡《な》くなったのではなかったか。その記念館としてこの別室が設けられたのだと事前資料で見た気がするが、と首を傾げた笙惟の問いに「あ」と藍は口元に手を当てる。そのあと少しだけ眉を下げて、違いますとかぶりを振った。

「あの、祖父はもう亡くなったんです。今日一緒に来ていただいたのは、とも……志澤さんのおじいさまで、ここの持ち主の、会長さんなんです」

「あ……やっぱり、そうですよね。失礼しました。ごめんね？」

肉親を亡くしたばかりの子に、不躾なことを言ってしまった。さすがに慌《あわ》てて頭を下げると、気にしないでください、と藍が苦笑《くしょう》する。

「ぼくが、おじいちゃんって呼んでいいって言われて、甘えているのでつい、口に出ました。

お恥ずかしいです」

まだ二十歳《はたち》には遠いだろうに、ずいぶんときれいな言葉遣《ことばづか》いの少年だと思った。ご令息という言葉がぴったりだなとも思い、やはり日本画の大家の孫ともなるとしつけ自体が違うのか——と笙惟が感心していると、志澤が彼の薄い肩《かた》にそっと手をかけてうながす。

「また会長が無理を言ったんだろうけれど……あのひとはきみがいないと不機嫌《ふきげん》だから、相手をしてやってくれ」

「そんな、失礼ですよ？　知靖さん」

（ほー、知靖さんと来ますか）

さきほど口ごもって言い直したのはそれか。気づいたその瞬間《しゅんかん》、笙惟にはぴんと来るものがあった。

声をかけた志澤も、そしてかすかにはにかんでうなずいた藍も、どうしようもなく目の色が甘い。そっと、ほかの誰《だれ》にも聞かせないだろう声を発しているとも気づかないほど、互《たが》いにだけ集中しきっている。

「それじゃ、お邪魔しました。ぼくはこれで……大澤さん、失礼します」

「ああ、はいはい。……あ、そうだ。よかったら今度コンテンツ聴《き》いてみて。この美術館のインフォメーションも流す予定だし」

レギュラープログラムの名前が入った名刺《めいし》を差し出すと、丁寧《ていねい》な所作で受けとった藍は「あっ」と目を輝《かがや》かせる。

「『ミッドナイト・ポップチューン』ってぼく、聴いたことあります」

「あ、ほんと？　嬉《うれ》しいな」

「とても楽しかったです。これ、大澤さんの番組だったんですね。声がいつも、とても素敵《すてき》でした」

過剰《かじょう》に興奮するでもなく、かつしらけてもいない。「素敵」などという言葉を発して嫌味《いやみ》にならない藍に感服しながら、なるほどなあ、と笙惟は思う。

（この箱入りちゃんが本命か。ふうん）

それは志澤の雰囲気も変わることだろう、とにんまりして隣《となり》を見れば、平然としたままの彼がいる。それが少しおもしろくなくて、笙惟は藍に顔を近づけた。

「んー、藍くんもすっごい素敵な子だと思うけど？」

「そ、そうですか？」

軽く肩を抱いて囁《ささや》きかけるようにすると、照れたように首を竦《すく》めた。志澤ほどの長身ではないものの、藍に比べれば笙惟も充分背が高いため、すっぽりと小さな肩が腕《うで》におさまる。

（うっわ。この子抱き心地《ごこち》いい）

細い身体《からだ》なのに、筋張った感じが少しもない。肉質や肌《はだ》がやわらかいのだろう、間近に見た頬《ほお》はなめらかで、触《ふ》れたらきっと蕩《とろ》けそうに気持ちいいタイプだ。

ちょっとこれはいいかもしれない。一瞬《いっしゅん》だけやましく疼《うず》いた手で軽く肩をなぞると、志澤の眉《まゆ》がぴくりと動いたのが見えた。

(うわーうわー、おもしろーい)

はじめて崩《くず》れた表情をもっと突《つ》き崩してやりたかったが、そうするにはあまりに藍は清らかな印象が強かったし、もしかするとまだ手をつけていないかもしれない。そうなった場合によけいな怒《いか》りを買いたくはないので、すっと笙惟は手を離《はな》した。

「それじゃ、藍。もう少し仕事があるから、会長と一緒《いっしょ》にいなさい。あとで迎《むか》えに行く」

「……はい。じゃあ、失礼します。大澤さんもお元気で」

「またね、藍くん」

ぺこりと頭を下げて去っていく藍にひらひらと手を振ると、少し恥《は》ずかしそうに会釈《えしゃく》した。

「すっげえかわい子ちゃん。それに礼儀正しくていい子ですね、上品で。いくつです?」

にやにやと、藍の去ったほうを見たままの笙惟が問いかければ、じつにそっけないひとことだけが返ってきた。

「――十九」

「え、うっそ。十六かそこらかと思った」

さすがに驚いて隣の男を振り仰《あお》げば「あれは印象が幼いから」と肩を竦める。その態度が、それ以上は訊《き》くなと告げているのがわかり、笙惟は小さく笑った。

（あらら。意外とかわいいねえ志澤さん）

本気の相手には存外余裕《よゆう》がないということか。まあわからなくはないし、あんなきれいきれいの子ならば大事にしたくもなるのだろう。

「しかし、ああいうタイプだと、意外と苦労しませんか？」

志澤と藍では、年齢《ねんれい》差もけっこうなもののはずだ。自身が十も年下とつきあっている実感からふと問いかければ、リムレスの眼鏡《めがね》を中指で押し上げた男の表情は読めなかった。

「なんの話かわかりかねます」

さらっと小憎《こにく》らしいくらいに言ってのけた志澤に、もうあの動揺《どうよう》の影《かげ》もない。藍がいなければ相変わらずということかと、少しおかしくなった。

「はは。まあそれならそれでいいでしょ」

以前の笙惟なら鼻で笑ったかもしれない感情だが、いまは理解できる。そして、さきほどから覚えていた違和感《いわかん》も腑《ふ》に落ちた。

落ち着くべきところに落ち着いた安心感のようなものが、志澤に余裕を持たせているのだろう。張りつめきった彼も男としての魅力《みりょく》に溢《あふ》れてはいたが、こういう変化は悪くない。

（ま、それにあんまり突っこんでもな）

やぶ蛇《へび》で返り討《う》ちにされても困ると、笙惟はさっさと話題を変えた。

「そういや、弥刀《みと》さんとこの間お会いしましたよ。この間はS・A・Gのグリップ撮《と》ってらしたみたいで、わりと評判いいですね」

「ああ。あれも手広くやってますから」

音楽業界に近いところにいる笙惟と、志澤の後輩《こうはい》である映像作家の弥刀紀章《きしょう》はじつのところだいぶ以前から面識があった。

「弥刀さんの撮るPV、くせがあって好きなんですよねえ。映画とかやるとおもしろいのに」

「そこまでの資金がないと本人はぼやいてます」

そもそも志澤を紹介してくれたのも弥刀であったわけだが、あのふわりと軽《かろ》やかな男と目の前のエリートが友人同士というのも少し不思議な感じだとは思う。

しかしこの美術館のラウンジで、いま自分と志澤が茶飲み話をしていることのほうがもっと奇妙《きみよう》なものだと、笙惟は内心苦笑した。

（まあでも、それが縁《えん》ってもんかなあ）

ひととのつながりは、いつどこで結ばれ、どうほどけるかなどわからないものだ。それこそ――ゆきずりで拾ったつもりの子犬が、がっちりといま自分の心に食いこんでいるように、この一見動じない男の心にも、藍によって揺《ゆ》さぶられたものがあったのだろう。

「……どうかしましたか？」

「いえいえなんでも。と、そろそろお暇《いとま》します。夕方からちょっと別件の仕事があるので」

「ああ、これはお引き留めしました」

それでは後日、と社交辞令を交《か》わして、濃《こ》い緑の遊歩道を歩く。時計を見ればまだ午後を回ったばかりだったけれども、ここから西麻布《にしあざぶ》まで向かうとなればけっこうな時間だ。

（しっかし、新店オープンパーティーの司会ってもねえ）

笙惟が常連でもあった、あの湘南《しょうなん》のレストランバー『ブルーサウンド』が西麻布に支店を出すことになったのは今年の春。だがなにしろ急な話であったため、当初はブルーサウンド店長である藤木《ふじき》がマネジメントを請《う》けおったらしい。

やっつけ状態でプレオープンしてから数ヶ月様子見をしたのち、あらためて内装の変更《へんこう》やメニューの刷新など試行錯誤《しこうさくご》を繰《く》り返し、今回ようやく正式な店長を立て、店員も一新してのグランドオープンになるのだそうだ。

立地の問題から、本店よりもワンランク大人向け、といったバーになるらしい。

店名はそのままブルーサウンドⅡとでもするかどうするか、と悩《なや》んだ末に『アークティックブルー』に決まったらしい。やや深みのある青色の名前らしいが、爽《さわ》やかな海に面したあの店より、少し深海にいるようなイメージでつけたのだそうだ。

内装は基本的に、古びたショットバーの造りを崩してはいないということで、笙惟も少し楽しみではある。常連ということで誘《さそ》ってもらえたのも、ファンの多いあの店の客層を考えると少しばかり誇《ほこ》らしく、せいぜい番組内でもインフォメーションしてやろうと思う。

（ま、つっても今日はどうせ身内ばかりの無礼講だしな）

おそらく口火を切ったあとには、好きに飲んでくれということなのだろう。

そしておそらくはその面子《メンツ》の中に、店員の弟でもあるあいつ——宮上和輝《みやがみかずき》もいるはずだ。

「これの後始末はどうつけさせてやろうかな」

意識したとたんちりりとする首筋を撫《な》でて、笙惟は剣呑《けんのん》に笑《え》みを浮《う》かべる。

仕事相手にキスマークを指摘《してき》されるなどという恥《はじ》は、いままでかいたことがない。身体に痕《あと》を残すような真似《まね》を許した相手はひとりとしていなかったし、やらかしたら速攻《そっこう》捨てていたからだ。

だが和輝を切る気はさらさらない。ただこれを口実として、どういじめて遊んでやろうかと、そんな気分だけがこみあげてくる。

「……わかってんだかな、あのボクは」

わざわざマーキングじみた真似《まね》などしなくとも、とっくに別格扱《あつか》いをしているというのに。

まあただ、自分の愛情表現がおそろしく素直《すなお》でないから、彼も不安なままなのだとはわかる。

とはいえ再会してセフレ状態になって、早数ヶ月。まともにつきあえと迫《せま》り倒《たお》されてから、まだそう経《た》ってはいない。

つきあい自体も相変わらずだ。時間の不規則な仕事の自分と、課題だテストだで多忙《たぼう》な大学生の和輝とでは、正直いって会ってセックスするのが関の山、というのも事実。

——ま、そうそうものごと簡単に、思うとおりに行くと思いなさんな。

もう少しかまえ、とふてた和輝に余裕ぶってなだめてみたが、言葉はそのまま我が身に跳《は》ね返った。

残念ながら、まだ彼の本気を信じきるわけにはいかないと、いまだに笙惟は思っている。

和輝の将来を案じている部分もまだ残っているし、十代の青さがどれだけ気まぐれかを実感する大人としては、あっさりゆるい顔を見せてやるわけにもいかない。

いつも振《ふ》り回されると怒るだろうけれども、それはこちらとて同じなのだ。なにより、あの小難しいことを考えるおぼっちゃまは、簡単に落ちる相手などすぐ飽《あ》きるに違《ちが》いないので。

「もうしばらくは、遊ばれてろよ」

うたうように呟《つぶや》く声には自嘲《じちょう》が混じった。そのしばらくはいつまでなのかと思えば、かすかに胸が痛むけれど、まだそれは見せてやりたくない。

笙惟はほっそりとした脚《あし》を踏《ふ》み出す。唇《くちびる》には、苦いような甘いような笑みを刻んだまま。

＊　＊　＊

「みなさん、このオープンのために本当によくやってくれました。ご協力ありがとう。そしてこれからもよろしく。——では、新店オープンを祝いまして、まずは乾杯《かんぱい》！」

曾我《そが》の音頭《おんど》でいっせいにグラスが掲《かか》げられ、店内にはざわめきと拍手《はくしゅ》が満ちた。

『それでは、このあとはゆっくりとご歓談《かんだん》くださいませ』

お定まりの文句を告げたのち、笙惟はマイクをオフにする。もともと形ばかりの司会で、服装もラフなままでかまわないと言われていたため、なんだか妙《みょう》な気分だった。

「大澤さん、お疲《つか》れさまです」

「ああ、店長。そちらこそお疲れさまです」

やんわりとしたねぎらいの声に振り向《む》けば、この日のために飛び回っていた藤木聖司《せいじ》がどうぞとグラスを差し出してくる。

「ほんとにギャラはいらないんですか？」

「はは。こんな楽な仕事でもらうわけにいきませんよ。それに飲み代はただにしていただいてますし」

招待ついでに、途中《とちゅう》途中でちょっと喋《しゃべ》ってくれと言われているだけの話だ。とてもではないが謝礼をもらうわけにはいかないと手を振ると、藤木が苦笑《くしょう》する。

やんわりとした笑顔はやはり魅力的だと思う。男女ともになびかず、難攻不落《なんこうふらく》と言われた藤木店長は、このところまたその笑みにあでやかさを増したような気がする。

「お言葉に甘えて申し訳ありません。どうぞゆっくり楽しんでいってくださいね」

「遠慮《えんりょ》なく」

きれいな所作で去っていく背中を見送ったあと、ふと笙惟は藤木の向かったさき、ひとり静かに飲んでいる男の姿に目を留めた。

たぶんそれは、笙惟ほどめざとく見ている人間でなければわからないだろう。ひとことかふたことを交わしたのちに、グラスを替《か》える藤木の指に触《ふ》れたのもごく自然な動作でしかない。ただ、視線を絡《から》め、かすかに笑みをこぼす表情のほんのりした甘さにさえ気づかなければ。

（あ、ひょっとしてあれが本命さん？）

昼間に会った志澤におなじく、上流層の気配が強い。しかしあの怜悧《れいり》な男よりも、彼にはさらに重厚《じゅうこう》な雰囲気《ふんいき》がある。鷹揚《おうよう》にして見えるけれども、おそらくは相当我が強いタイプなのは、きりりとした眉《まゆ》や唇のあたりににじみ出ている。

（あーゆーのがタイプなわけね）

なるほどな、と手の中のワインをひとくち含《ふく》んでさりげなく視線を逸《そ》らした。あの物腰《ものごし》やわらかで、だからこそ少しおっとりとして見える店長には、案外とああいう、したたかさの滲《にじ》む大人がいいのだろう。

「大澤さん、飲んでます？」

「お。真雪《まゆき》ちゃん。いただいてますよー」

ぼんやりと人の恋路《こいじ》に思いを馳《は》せていれば、いたずらっぽい声が聞こえた。振り返れば、今日はいつものトレードマークであるアップの髪《かみ》をおろした林田《はやしだ》真雪が、グフス片手ににこにこしている。

「おお。そのアタマ大人っぽいじゃない？」

「えー、もう大人ですよう」

ふわふわとした髪を肩《かた》のあたりで揺《ゆ》らし、ほっそりしたキャミソールドレス姿の真雪はふだんのボーイッシュな姿とはずいぶん印象が違った。感嘆《かんたん》の言葉を述べれば、つんとグロスの乗った唇を尖《とが》らせるから、なるほどとうなずいてやる。

「じゃあ言い直そう。色っぽい。いい女になったねえ」

「あはは、ありがとございます。うまいねどうも！」

からからと笑った真雪はそのままべしべしと肩を叩《たた》いてきて、その剛胆《ごうたん》な仕種も彼女らしいと言えば言えるのだが、スモークピンクのかわいい服が台無しだ。

ふだんアシスタントＤＪを勤めるユイもしかりだが、真雪も容姿の愛らしさと中身があまりに相反している。

「……きみもユイちゃんと一緒《いっしょ》で、口さえ開かなきゃいいんだけどねえ……」

ふだんおのれもよく言われることではあるが、やはり微苦笑《びくしょう》が浮かんでしまう。案の定、ひとのこと言えるかと真雪は大きな目をにやりとさせた。

「大澤さんに言われたくないですよー。あのすっとぼけたアホい喋りと、顔が噛《か》みあってないもん」

「俺はいいのよ。お仕事ですから。それにまじめに喋ることもあるのよ？」

「えー、いつ？」

「今度ね、志澤美術館の別室がオープンすんだけど、その解説ナレーションの仕事受けたんです。大まじめに喋ってるから行ってみ。日本画の説明。……ああ、優待券もらったから、興味あるならあげる。タダで行けるよ」

チケットを取りだしてみたものの、真雪はわずかに顎《あご》を引いてうなった。

「び、美術館かあ……寝そうだなあたし。しかも日本画って山とか川とか墨《すみ》で描《か》いたのでしょ」

「真雪ちゃん、それは水墨画《すいぼくが》……」

「だってわっかんないんだもん！」

げんなりしたコメントとしかめた顔が、いかにも真雪らしい。思わず笑ってしまいつつ「けっこうおもしろい絵が多かったよ」とつけ加えれば、ううむと唸《うな》った彼女はふと眉間《みけん》のしわをほどいた。

「あー、あいつなら好きそうかも。そういう小難しい系」

「あいつ？」

「ああ、東大くん」

あれあれ、と真雪がほっそりした指でさしたのは、兄と言葉を交《か》わしている和輝だ。

「そう、東大くん。なんかそういうのアレなら好きかもよ」

「どうなんだろ？　よく知らないからなあ、……彼のことは」

　さてそんな芸術を解《かい》するような情緒《じょうちょ》は、果たしてあれにあるんだろうか――とまでは言いきれず、笙惟は曖昧《あいまい》に笑ってごまかし、隠《かく》れた恋人の姿を見る。

　和輝が手にしているグラスはおそらくウーロン茶かなにかだろう。まだ未成年ということで、きまじめな兄、瀬里《せり》は飲酒を許していないらしいが、そもそも飲んでも酔《よ》わず、味も好きではないという和輝はアルコールをたしなまない。

　しかし、ただのお茶を持っているとは思えないほどその態度も雰囲気も大人っぽいのだ。

（しかし、不遜《ふそん》なまでに堂々としたやつだよな）

　ときおり、目が離《はな》せなくなる自分が悔《くや》しいものでこっそり毒づいてみたものの、和輝のルックスがなにからなにまで好みなのは否《いな》めない。

　長くすらりとした手足は、見るたびに男としての成長を見せつける。少し皮肉っぽい鋭《するど》い目元も、気の強そうな口元も眉も、きりりと整っているくせにどこか甘い。

　けれどまだ大人になりきれない青さが逆に、不安定な色香《いろか》のようなものを滲ませるのが好ましいのだとは、年齢《ねんれい》差を埋《う》めたがっている和輝にはとても言えはしないけれど。

「――からもう、よせって」

「えー、なんで、いいじゃん……」

　口を尖らした瀬里をたしなめるような態度は、どちらが兄かわかったものではないなと苦笑していた笙惟は、ぷうっとふくれた顔をする瀬里の様子がおかしいのに気づく。

（ん？　めずらしいな、あの子があんな顔）

ひとまえであんなに子どもじみた表情を見せる瀬里だろうか。とくに今日は無礼講とはいえ、一応ホスト側に回る配置のようだが――と思っていれば、和輝が強引《ごういん》に手の中のグラスを取りあげている。

（ありゃ。間違《まちが》って強いの飲んだか？）

どうやらほろ酔いのようで、グラスを奪《うば》われたあと小柄《こがら》な身体《からだ》がふらふらしている。まずくないかね、と思いながら、真雪の細い肩をつんとつついた。

「なあ……あれ。瀬里ちゃん、酔っぱらってない？」

「あ？　あっちゃあ、そうかも。あいつふらついてるよ」

ちょっと行ってくるね、と手を振《ふ》る真雪にうなずくと、ヒールの足取りも軽く――というよりけっこうな大股《おおまた》で――ずかずかと彼女は同僚《どうりょう》のもとへと急いだ。

「あぁ!?　ウーロンと水割り間違えた!?　ばかじゃないの瀬里っ」

「だって……色、わかんないんだもん……この店、照明暗いし……わあっ」

「……おっと！」

弱いくせに飲むな！　と声をあげた真雪に引きずられ、転びかけた瀬里を支えたのは和輝だ。片腕《かたうで》で危なげなく兄の身体を抱きとめたあと、まっすぐ立て、と両腕を摑《つか》む。

「ばか真雪。よっぱに乱暴にしてどうすんだ。瀬里も、ほら。しゃんとしろって」

「ごめーん」

「ごめん……」

しゅんとなる年上ふたりにため息をつく姿は、生意気というより偉《えら》そうだ。あれはもう人種が最初から違《ちが》うんだろうかと、年齢差の逆転して見える兄弟を眺《なが》めていた笙惟は、かいがいしい和輝の姿にぼんやり視線を送る。

「ほら水飲んで、ちょっと休めよ瀬里」

「んー……」

（甘いこって）

やれやれと思いつつも、相変わらずのブラコンぶりにはもはや苦笑《くしょう》さえ出やしない。毎度毎度、瀬里の恋人であるところの中河原大智《なかがわらだいち》が目をつりあげるのもいたしかたなかろうとも少し思う。

（……って、大智くんはどうしたんだか？）

さきほど乾杯《かんぱい》の際には姿を見かけたのだが——と思いつつ、少し奥まったほうへと進んだ。ウエスタン映画に出てきそうな、両開きの軽い仕切り戸を押して進むと、厨房《ちゅうぼう》はすぐそこだ。

「——だからこのメニューじゃ採算取れないって話したろうが」

「けど長い目で見ると、定番の一品があったほうが絶対、いいんですよ！」

そこには目的の人物と、新店長である山下《やました》、そしてバーテンダーの新メンバー、江上功光《えがみよしみつ》が三人で顔をつきあわせている。

「江上さんはどう思います？」

「……俺としては酒がメインでもいいとは思いますが、たしかに食事が充実《じゅうじつ》している店は求められてる手応えはありますね」

江上は新メンバーといっても、もともとこのバーに長年勤めており、店ごと買い上げられた形で勤めることとなり、三人の中でもっとも年長だ。詳《くわ》しい年齢までは知らないが見た感じ三十代後半という渋《しぶ》い男前の実感のこもった呟《つぶや》きに、新店長とレシピ作りの責任者はううむと唸っている。

「ほらあっ、やっぱそうじゃないっすか先輩《せんぱい》」

「けどなあ……のっけで赤は痛いぞおまえ。いくら曾我さんでも」

（まあ、どこも大変だよな）

どうやら、グランドオープンの日だというのに、まだ楽屋裏ではいろいろとおさまりがついていないらしい。

なにごとにも本番直前がいちばん慌《あわ》ただしい。ことに今回の新店は、曾我の気まぐれからはじまり見切り発車もやむなしという状態だったらしいので、さもありなんと笙惟は苦笑した。

「……お話し中すみませんがー」

「あ、はいっ。大澤さん、どうしました？」

壁《かべ》を軽くノックして、意識をこちらに向けてもらう。白熱していた三人がいっせいに振り返り、中でもいちばんひとのよさそうな山下の反応が早かった。

「いや、お邪魔《じゃま》して悪いね。大智くんちょっといい？」

「あ、はい。なんすか？」

ちょいちょいと手招き、耳を貸すように告げると長身が折り曲げられる。声をひそめたのは、まだ馴染《なじ》みのない江上への配慮《はいりょ》だ。

「……瀬里ちゃんよっぱになって、和輝に面倒《めんどう》見られちゃってってけど」

「げ……」

囁《ささや》いたとたん、大智はいきなり顔色を変える。わかりやすいなあ、と感心しつつも笙惟はにやにやと目を細めた。

「早く行ってやったほうがいいんじゃない？　あのまんまだと、実家に連れて帰るとか言うかも」

「すんません、ちょっと失礼！　悪い山下、あとよろしく！」

「はあ!?　ちょっ……先輩って！」

いかにも焦《あせ》ったように言い捨てて、大智は足早にフロアのほうへと向かった。取り残された形の笙惟はぽりぽりと頬《ほお》を掻《か》き、呆然《ぼうぜん》としているふたりに声をかける。

「まあその……仕事もあるでしょうけど、せっかくパーティーですし。おふたりも戻《もど》ったら?」

「あ……すみません、お客様に気を遣《つか》わせて」

「や、いーのいーの。俺が勝手に呼びに来ただけだし。んじゃねー」

軽く手を振って背を向ければ、ちょうど進行方向を逆行して、大智が戻ってくる。目が合うと、なにを言う余裕《よゆう》もないのかぺこりと軽く頭を下げたのみで、彼はほとんど抱きかかえた状態の瀬里に声をかけた。

「瀬里ちゃん吐《は》きそう? 平気」

「う、へ……平気で……うぷ」

「あー待って待ってもうちょっと待って! トイレもうすぐだからっ」

わたわたとしながら去っていく大柄《おおがら》な彼に「がんばってねー……」と小声でエールを送ったのち、賑《にぎ》やかな会場へと戻った。

(あ、やっぱりな……っとに、あのブラコン)

案の定、壁際《かべぎわ》にはむっつりとした和輝がたたずんでいる。おそらくは大智に瀬里をかっさらわれてふてくされたのだろう。予想どおりの表情ににやりとしながら、さりげないふりで近づいた。

「……東大くん、日本画はお好き?」

「あ？　なにいきなり」

ちらりと、さきほど真雪にあげそこねたチケットをひらひら振ってみせると、機嫌《きげん》の悪そうな声で返事がある。これが恋人《こいびと》と数日ぶりに交《か》わした最初の言葉というのだから笑えてしまう。

「仕事の絡《から》みでもらったの。一之宮清嵐別室in志澤美術館。オープンまだだけど、おまえ行かない？」

「なんだそれ、デートのお誘《さそ》い？」

「どっちでもいいけど」

くすりと笑ってチケットを口元に当てる。上目に見た和輝はだいぶ機嫌をよくした顔になっていて、案外扱《あつか》いやすいんだよなあ、と微笑《ほほえ》ましくなった。

「でもどうしよっかなー」

「なんだよっ」

手を出してきたところでさっと引っこめる。子どもじみたからかいにムキになったように眉《まゆ》をつりあげた和輝は、続いた笙惟の冷ややかな声に息を呑《の》んだ。

「……見えないところに痕《あと》つけるようなボクには、ご褒美《ほうび》あげないことにしようかな」

「う」

ばれたか、という顔をする和輝をじろりと睨《ね》めつけ、笙惟はため息をついた。

「おまえほんと頼《たの》むよ。今日、打ち合わせの真っ最中にクライアントに言われたんだぞ、キスマーク」

「わざとじゃねえんだけどさ……」

「わざととか、そういう問題じゃねえの」

こんなものをつけてしまうことが、まずだめなのだと目をつり上げ、笙惟は静かに釘《くぎ》を刺《さ》した。

「あのな。大人として恥《は》ずかしいの、そういうのは。エチケットなの」

セックスしましたよ、という証拠《しょうこ》をくっつけて歩けば、ある意味では信用問題にも関《かか》わる。ことに笙惟のような一見軽い商売に携《たずさ》わるものは、ある意味ではなんの保証もないぶんだけ、会社員などよりよほど、パブリックな場では注意が必要だ。

「今日の相手はまだ、見逃《みのが》してくれたけど。ひとによってはえらいこっちゃになるんだからな」

「ん、わかった。ごめん」

まじめに諭《さと》すと、まじめに謝る。感情論などではき違えずに、問題の部分をきちんと反省するあたりは、和輝の美点だと思う。

「なんか問題とかになった?」

「そこまで心配することない。言っただろ、見逃してくれたって」

だが、あの志澤に隙《すき》を見せる羽目になったのは少しばかり業腹《ごうはら》だったので、笙惟は含《ふく》みの多い声でこっそりつけ加えた。

「ま、あっちもお仲間だから、そうやばいことにはならないと思うけど」

「なに、お仲間って」

「んー……ゲイバーで何度か鉢合《はちあ》わせたことあんだよな」

「ちょ……なにそれ」

そのひとことにぎょっとしたように和輝は目を瞠《みは》った。

「なにってまあ、ハッテン場？」

「おい……あんたそんなとこまで行ってたの？」

今度こそ非難するような目で見るから、やっぱり潔癖《けっぺき》なのだなあと笙惟はおかしくなる。自分や周囲にもその手の面子《メンツ》はわりと集まっているが、ゲイバーだのハッテン場だのといういかがわしい響《ひび》きに、さすがに面食《めんく》らったのだろう。

「遠藤に連れてかれたんですー。それに相手探すには手っ取り早いしなあ」

だいぶ日本でもモラルがゆるくなったとはいえ、ふつうのクラブやバーでナンパを仕掛《しか》けるのは、ゲイにとってはやはり成功率が低い。和輝を拾えたのは本当にたまたまの僥倖《ぎょうこう》だったけれど、あとくされなく遊ぶには同じ人種が集まる場所のほうがやはり確実だ。

「……まさか、今日の仕事相手って……」

「あ、違《ちが》う違う。寝《ね》たことはない。ただ顔見知りだっただけ」

剣呑《けんのん》な顔で唸《うな》る和輝に手を振《ふ》って否定したあと、意地悪く笙惟はつけくわえてやる。

「まあでも、かなりいい感じの色男でね。食ってみたいかなと思ったこともあるけど」

でも相手ができたようで、あのきりきりと渇《かわ》いた雰囲気《ふんいき》は消えていた。笙惟はそういう意味で他人のものに興味はない。なにより志澤もう、あちこちでつまみ食いをするような男ではなくなっているだろう。

「あともうねー、一緒《いっしょ》にいた子がこれまた美少年で肌《はだ》はきれいだし。真っ白なのにちょっとピンク」

照れるとすうっと血の色が透《す》ける、藍の淡《あわ》い肌。あれはたまらんだろうなあ、とくわえ煙草《たばこ》でしみじみしていれば、しらけたような和輝の声がする。

「……あんたそれでどっちに食指動いたわけ」

「ん？　どっちもかな？」

「節操ねえにもほどがあんだろ……」

にま、と笑うと未来の弁護士候補生はほとほと呆《あき》れかえったという声を発し、小難しいテキストでも解いているような複雑な顔を見せた。

「で、それはなに。俺を妬《や》かせたいわけか？」

「さあねえ？」

余裕ぶって鼻を鳴らすくせに、苛立《いらだ》ちが透けているのがたまらない。すっきりした顎《あご》を軽く人差し指でなぞると、くすぐったいのか不愉快《ふゆかい》なのか、乱暴に振り払《はら》われた。

「で、ボクは、妬いた？」

「……さあね」

さきほど自分が返した言葉を違うトーンで紡《つむ》ぐ、焦《じ》れた唇《くちびる》を吸ってやりたいと思う。

悪趣味《あくしゅみ》は自覚しているが、やめられない。この青さが笙惟の中にあるうつろな闇《やみ》のようなものをじんわり溶《と》かしてくれる気がして、ことさらからかってしまう。

睨んでくる和輝に微笑みだけを返す。にんまりとしたそれに、笙惟の胸の裡《うち》などわかっているとため息をついて、和輝はつと長い指を伸《の》ばしてきた。

「まあ……いいけどな。あんまり試《ため》してばっかいるなよ。キレるぞ」

「おやおや。どうしてくれるわけよ、キレて」

抱《だ》き合えないかわりにか髪《かみ》のひと房《ふさ》をいじりながら、呆れ声を出された。ちょっとその反応はかわいくないなと思いながら形のいい頭を撫《な》でてやれば、腕《うで》を摑《つか》んで指を嚙《か》まれる。

「おい。おまえ、ここどこだと……」

アルコールも入っていないくせに、大胆《だいたん》なことをしてくれる。さすがにやりすぎだと咎《とが》めれば、和輝は平然としたものだった。

「もうみんなできあがってるし、暗いし、いちいちこっちなんか見てねえよ」

だが焦《あせ》ったのは笙惟だけだったようで、周囲を見渡《みわた》すこともせずまっすぐに目を覗《のぞ》きこんだ和輝は、笑《え》み含んだ声で囁《ささや》いた。

「だいたい、俺にしゃぶられるのもいまだにいやがるくせに。どの口でほかの男食うだの言うかな」

「……うっさいよ、クソガキ」

生意気言うなと指を取りあげつつ、舐《な》められた人差し指がじんわり痺《しび》れる。顔をしかめるのはそれが図星だからで、いやそうな表情に和輝は余裕《よゆう》を取り戻《もど》してしまった。

「大人な笙惟さんは、遊ぶのも上手なんだろ？　じゃあ、俺と遊べよ」

「おまえ……だんだん性格悪くなってねえか」

「どっかの誰《だれ》かさんのおかげでね」

不遜《ふそん》な言いざまにむかついているのに、ひそめた声で囁かれて腰《こし》が痺れる。とっさに広い肩《かた》を押し返して、目の前にあるグラスを摑んだ。

「もう抜《ぬ》けて、どっかホテル行こう」

「ストレートだなほんとに……もう少し情緒《じょうちょ》のある誘い文句はないのかね」

「気取ったところでしょうがないだろ」

悪態をつきながらも、昼間、志澤にこうして囁かれたときよりもっと生々しく、甘く、濡《ぬ》れるような感覚が襲《おそ》ってくる。顔が熱くなりそうで焦りながら、グラスを呷《あお》った笙惟はそのまま顔をしかめた。

「なにやってんだ。あんた水割りきらいなくせに」

「……喉《のど》が渇いてたんだよ」

ストレートならともかく、この水で割った酒というのが笙惟はどうも好きになれない。味も半端《はんぱ》でにおいだけきつく、しかし口をつけた以上はとちびちびやっていれば、すっと伸びてきた長い指にグラスを取られた。

「あ、おい」

呆気《あっけ》にとられている間に、和輝は八割がた残っていたグラスの中身をひといきに飲み干す。だいじょうぶなのか、と目を瞠っていると、ふっと息をついた和輝が濡れた唇を手の甲《こう》で拭《ぬぐ》い、空のグラスをテーブルに置いた。

「まずいの我慢《がまん》して飲むことないだろ」

「……だからっておまえが飲むこともないだろ」

けろりとした顔で、こっち、と渡《わた》されたのはワインの入ったそれだった。しかも笙惟の好きな赤。わりと恥ずかしいことをしてくれる、と思いながら口をつけると、首を傾《かたむ》けた和輝がこっそりと囁いてくる。

「ありがとうは？」

「んだよ、それ。勝手にやったんだろ……」

吐息《といき》にアルコールの香《かお》りがする。和輝には不似合いなそれにも、けっこうきつかった酒を呷って平然としている態度にも、じんわりした羞恥《しゅうち》と違和感《いわ》がこみあげてくる。

「水割り飲んだのは、痕《あと》つけちゃったお詫《わ》び。いま要求したのは、ワイン取ってやったことへの報酬《ほうしゅう》」

ひとに見えない角度で、腰を撫でられた。涼《すず》しい顔をしてこのエロガキ、と口の中だけで小さく呟《つぶや》く。声を出したらもう、感じているのがばれそうだからだ。

「ご褒美《ほうび》くれよ」

「……っ最悪」

低く呟いたそれに和輝は「かわいくねえ」とかすかに眉《まゆ》をひそめた。だがその言葉は彼に向けたものなどではない。

(ほんとに、俺が最悪)

もう少しは手のひらの上で転がっていろと思うのに、どんどんこのボウヤは成長して、あっという間に笙惟の指からこぼれ落ちそうになる。

からかって顔色を変えさせて、ムキになる表情に安心する。まだもう少しガキのままでいてくれれば、余裕も持てるし気楽でいられるのに。

「今日は痕つけないから、……やらして」

こんなどうしようもないひとことで、膝《ひざ》が笑いそうになる。肌が火照《ほて》って、喉が渇いて、いますぐそばにある唇になだめてほしくなる。

「さきに出て、ホテル取ってやっから。……携帯《けいたい》持って、待ってな」

それでも精一杯《せいいっぱい》の意地で皮肉に笑ってやれば、にやりと笑う和輝に耳朶《みみたぶ》をつままれる。

「あんまり、焦らすなよ」

さあねとつれなく振りほどきながら、本当はそれだけでもう、いきそうだった。

＊　＊　＊

いろいろと複雑な気分でいたため、笙惟はできるだけ安っぽく露骨《ろこつ》な、いかにもラブホテルという場所を押さえてやった。やや潔癖《けっぺき》性の気のある和輝がいやな顔をするかと思ってのささやかな報復だったけれども、まっすぐに部屋までやってきた彼は、笙惟が迎《むか》え入れるなり、のしかかってくる。

「おい、こら……っ、んん」

咎めるよりさきに腰を抱かれて唇を奪《うば》われた。舌を咬《か》まれると「うン」と小さく声が漏《も》れる。

（上達しやがって）

出会いの日には、粘《ねば》っこいキスに目を回していたくせに、自己申告のとおりに「例題の適用と応用は得意」な和輝は、日を追って笙惟の弱みを見つけ、暴《あば》いてくる。

「おま、がっつくな……って」

「るせぇよ。一時間も待たせやがって……さっさと食わせろ」

きつく耳を噛まれて、ため息がこぼれた。痺れるような感覚に腰が震《ふる》え、そしてなにより、余裕もなにもないまま噛みついてくるその情熱に、溺《おぼ》れそうになる。

「んー……っ、ふ」

待ちきれないと、奪いとろうとする急《せ》いた仕種だけで、あっけなく火がついた。

大きな手に尻《しり》を揉《も》まれながら口の中を蹂躙《じゅうりん》され、やばいと思うのに目がじんわり濡れてくる。

「なあ、風呂《ふろ》。一緒《いっしょ》に入って」

「なん、で」

とろんと上気した顔など見せたくないのに、ソフトジーンズの布目の上から狭間《はざま》を強くこすられ、猛《たけ》りきったものをこすりつけられるとたまらない。

「ここ……洗ってやるから、舐めていいだろ」

「やだよ。俺が、す、……するから、いいだろ」

一瞬《いっしゅん》噛んで、笙惟は顔をしかめた。滑舌自慢《かつぜつじまん》のＤＪのろれつを回らなくするとは、どういうキスだ。

悔《くや》しくなりながらも強気を装えば、唇の間で糸を引いた唾液《だえき》を舐め取られてまた震えてしまった。ぬるりと触《ふ》れあう唇《くちびる》の表面が、蕩《とろ》けたようにやわらかい。

「キスして、舐めて、しゃぶってやるから……ほかの男の話すんなよ」

「……っあ、ん」

独占欲《どくせんよく》を丸出しにした台詞《せりふ》も、甘い声で囁かれれば不快感など覚えない。どころか、もっと縛《しば》ってほしくてあんなことを言ったのかもしれないとさえ思ってしまう。

なにより――志澤に食指を動かされた最大の理由など、つけあがりそうで口にできない。

端整《たんせい》な顔をした男のスーツ姿は、一度だけ見たことのある和輝のそれと印象が似ていた。背が高くて清潔で、見るからに賢《かしこ》そうな隙《すき》のなさ。このまま、和輝がエリート街道《かいどう》を邁進《まいしん》していけば、いずれあんなタイプの男になるのだろうかとふと思ったせいもあったのだ。

そのとき、自分が隣《となり》にいる保証など、どこにもない話だけれど。

（俺もたいがい、しょうもねえな）

後戻《あともど》りのできない感覚に失笑を浮《う》かべたのはあくまで自分を嘲笑《あざわら》ったのだけれども、それはどうやら余裕の態度に見えたらしい。

「聞いてんの？」

「あー、聞いてる聞いてる」

「……いちいちむかつくなほんとに」

若くて融通《ゆうずう》が利《き》かなくて、清潔でかわいい和輝。そんなに夢中になったみたいな目で見つめて、いったいおまえは俺をどうする気だ。

（惚《ほ》れられてんなあ）

実感が嬉《うれ》しくて、そして苦い。肩《かた》に顔を埋《うず》めて、歪《ゆが》みそうな表情は見せないようにと努めた笙惟は、くすくすと笑ったまま和輝の耳朶をてろりと舐《な》めた。

「怒るなよ……かわいがってやるから」

一瞬《いっしゅん》だけぴくりと竦《すく》む広い肩を撫《な》でると、大きな両手で尻を包まれる。腰《こし》をぐっと引き寄せられ、かすかに揺《ゆ》らしあうと息がもうあがっていく。

「そりゃ俺の台詞だろ」

「十年早いんだよ、ボク」

言葉遊びのような悪態をつきながら、服を脱《ぬ》がせあう。なめらかに張りつめた肌《はだ》の若さに、ほんの少しの羨望《せんぼう》と羞恥を覚えるけれど、もういまさらだ。

「じゃ、十年後の笙惟にはめろめろになってもらっとこう」

「……おまえ、そのころ俺いくつよ……」

呆《あき》れたふりで、あっさりと言われた遠い未来に胸を痛める自分をごまかす。しかし目の前の若造は、笙惟の感傷など知らないとばかりに呟きを一蹴《いっしゅう》してくれた。

「安心しな。あんたが役立たずでも役割的に問題ない」

さすがにその言いざまには憮然《ぶぜん》として、笙惟は舌打ちして吐《は》き捨てた。

「てめ……んなこと言ってると、いつか掘《ほ》るぞ」

「やれるもんならどうぞ?」

完全に本気にしていない笑《え》みに、むかむかとしたものを覚えながら全裸《ぜんら》になった恋人《こいびと》の尻を撫でてやった。

「んじゃ、前哨戦《ぜんしょうせん》で今日、指突《つ》っこんでいい？」

「……は？」

粘っこい手つきと言われた言葉が理解できないようで、目を丸くするのが少しかわいい。艶《えん》冶《や》に微笑《ほほえ》みながら、笙惟はさらに声をひそめて囁《ささや》きかける。

「なにもいれさせろってんじゃないけど。……俺の中入ったとき、ここいじるとけっこういいらしいよ？」

脅《おど》しのつもりで言ってやったのだが、しかし和輝はひきつるどころかひどく怒ったように目を据《す》わらせた。予想した反応とは少し違《ちが》って、「あれ」と笙惟が首を傾《かし》げれば、手首を強く摑《つか》まれる。

「痛っ……」

「……誰《だれ》と、そういうことしたわけだよ」

ひんやりとした声で問われ、しまったと顔をしかめた。さきほど志澤のことについては軽く受け流した和輝が、なんの気なくうっかりと露呈《ろてい》した過去に、本気で嫉妬《しっと》してしまっている。

「いや……一般論《いっぱんろん》……で」

「な、わけねえだろ。あんた今えらい実感こもってた」

腕《うで》に痣《あざ》がつきそうな痛みを覚え、笙惟はぶるりと身体《からだ》を震わせる。そして、叱責《しっせき》するかのような声に顔を逸《そ》らし、吐き捨てた。

「誰でもいいだろ……放せよ」

「おい」

ごまかすなと睨《にら》まれて、さっきとはまるで違うふうに胸が痛くなった。そんな怖《こわ》い顔をするなと、つい口から出そうになって、強気な言葉が溢《あふ》れ出す。

「だから、ほんとにしらねえってば……覚えてないんだよ、いちいち！」

もうそれで呆れるなら呆れろと思って言い放つと、あっさり手首が解放された。まさか本当にいやになったのか——とかすかに胸を痛めていると、強引《ごういん》に抱《だ》きしめられて目を丸くする。

「か、和輝……？」

「覚えてないような相手？　適当な、誰でもいいやつ？」

「あ……うん。そいつ、ほんとは入れられんの好きな、やつだったみたいで……まあ、妥協《だきょう》案、っつうか……」

なにをここまでばか正直にと思いながらも、つい答えてしまえば、長い息を吐いて和輝は言った。

「……ならいい。名前も覚えてないようなヤツなら、いい」

「え……」

拍子抜《ひょうしぬ》けするような気分で抱擁《ほうよう》を受け入れていると、笙惟の髪《かみ》をくしゃくしゃと撫でたあとに、怒《いか》りを収めるようにもう一度息をついた和輝は、声に懇願《こんがん》を滲《にじ》ませた。

「けどもう、すんなよ」

決めつける声に悪態もつけなかった。ただこくりとうなずけば、念押しをするように唇を吸われて、身体が震える。

「怒ってねえなら、指、入れていい……？」

「まあ、どうでもしたいなら」

「うん……よくしたい……」

ぽろりと、これは繕《つくろ》わない本音が漏《も》れて、和輝が嬉しそうに笑った。そのまま ずいぶんかわいらしい、唇をするするとこすりつけ、軽く吸うだけのキスを繰《く》り返されて、顔が赤くなりそうになる。

「……ほれ、遊んでないで風呂」

「はいはい」

頬《ほお》をつねって促《うなが》したのは、もういいかげんにしないとこのままはじまってしまいそうだったからだ。いくらなんでもラブホテルの入り口で、しかもベッドまでまだ距離《きょり》のある場所でおっぱじめるのは勘弁《かんべん》願いたい。

バスルームに向かう途中《とちゅう》に尻《しり》を撫でた手は軽く叩《たた》いてお預けにし、そのくせ向けた背中でめいっぱいに男を誘《さそ》いながら、笙惟は歩く。

めげずに腰にかかった腕を、今度は振《ふ》りほどくことはしないまま、舌先で顎《あご》をくすぐってやった。


ベタなラブホテルのシャワールームは、壁面《へきめん》がガラスでできていて、カーテンを開けば趣味《しゅみ》の悪いベッドがそのまま丸見えになっていた。

「ちょ……ベッド……」

身体中を洗って、バスタブに腰かけさせられたあと、宣言どおり和輝はその脚《あし》の間に顔を埋めた。するのはいいがされるのは相変わらず苦手で、ふだん押し隠《かく》している羞恥心《しゅうちしん》がそのまま、笙惟の肌を染めていく。

「も、い……ってば、やめろ」

「なんで。ここんとこ弱いだろ」

とろりとろりと敏感《びんかん》な部分を何度も舐められ、わななく脚がとじそうになる。だが和輝の広い肩に阻《はば》まれて、半端《はんぱ》に腰を揺するような動きになるのがいたたまれない。

「よわ、い、から……っ、も、だめっあ、あっあっ……！」

言葉を切った和輝が先端《せんたん》だけをくわえてくる。ぬるぬると唇《くちびる》の裏側を使って刺激《しげき》され、そのまま放出しそうになって奥歯を噛《か》んだ。

「てめ……いつどこで、こんなの覚えた……っ」

こんなやり方、自分はしない。あがりきった息をこらえて髪の毛を引っぱると「痛いよ」と笑って指が振りほどかれた。

「まあそれなりにいろいろ研究して」

「……誰と、だよ」

どこぞの知らない男のものをくわえたり、誰かにくわえさせたりでもしたら、いますぐソレを引きちぎってやる。そんな気分で睨みつければ、けろりと憎《にく》らしいことを言う。

「過去の経験とイメトレの話。安心しなよ、あんたの以外こんな真似《まね》できねえし」

「ああう、んんっ……ばか……」

大きな手でぎゅっと握《にぎ》られ、そのまま尻を掴まれる。もう期待でゆるみはじめたそこがひくひくと収縮を繰り返していて、いいかげん限界だと耳を引っぱった。

「ちゃんとベッド行って、こっちに入れろよ……」

目の前で腰を揺すって、早くと急《せ》かした。卑猥《ひわい》なそれに目を細めつつも、和輝は内腿《うちもも》を撫でたあとに唇を寄せ、痕《あと》がつかない程度に何度も啄《ついば》んでくる。

「もうちょっといじりたいんだけど」

「若いのにオヤジみたいなこと言うなっつの！」

余裕《よゆう》がむかつくとは口にできないまま、濡《ぬ》れた肩《かた》を軽く蹴《け》ってやる。足癖が悪い、とぶつぶつ言いながらも、和輝はふらつく腰《こし》に腕を回し、脱衣《だつい》所へと連れだした笙惟の濡れた肌《はだ》にタオルをあてた。

「自分で……」

「掴まってろよ、立てねえだろ」

こんなホテルのわりには、タオルの質はいいようだった。ふんわりしたパイル地で水滴《すいてき》を拭《ぬぐ》う手つきが、ずいぶんとやわらかいせいなのかもしれない。

「ん……」

自分のことは二の次にしたまま和輝は笙惟の二の腕を拭き、抱きしめるようにして背中を拭い、脇腹《わきばら》にタオルを当てながらキスを繰り返す。

「あっ……あっ……」

乾《かわ》いたはしから舌を触《ふ》れさせられ、脚の間を拭われながら胸をてろりと舐《な》められると腰が崩《くず》れそうになった。目の前にひざまずく広い肩で身体を支え、脚を拭く和輝が張りつめたさきをいたずらする。

「……拭いてもおっつかねえじゃん」

「も……だめっ……あっ……てめ、なに遊んでんだ……っ」

タオル越《ご》しにぐりぐりと揉《も》みたてられ、勘弁してくれと脚を震《ふる》わせる。いつからこんな性《しょう》の悪い真似をするようになったのかと濡れた目で睨めば、水気を取った性器の先端にキスをして、ようやく解放される。

「抱いてってやろうか？」

「いらねえ世話だよ！」

笙惟にしたのとは雲泥《うんでい》の差で、荒《あら》っぽく自分の肌を拭いた和輝はぽいとタオルを投げ出すと、腰砕《こしくだ》けの身体に手を伸《の》ばしてくる。叩き落としてもめげないまま結局はまた抱きしめられての移動になるので、自分より太い腕を思いきり噛んでやった。

「いてっ。歯形ついた……」

「ざまみろ」

しばらくひとまえでシャツも脱《ぬ》げない羽目になればいい。そう思った笙惟がにんまりと笑えば、乱暴にベッドへと引き倒《たお》した青年は、しかし少しも怒ってなどいない。

「なに、笑ってんだよ」

「ん？　なんかちょっと嬉《うれ》しい」

妙《みょう》に爽《さわ》やかに笑いながら覆《おお》い被《かぶ》さってきた和輝はけろりとそんなことを言う。なんだかこっちが恥《は》ずかしいと顔を逸らせば、首筋に舌を這《は》わされた。

「うれ、し……って、なに、が」

「あんた自分では、こういうのつけてくんねえから」

マーキング、するのがだめならしてくれよ。囁《ささや》かれ、ずきりと疼《うず》いた胸を知っているとでも言うように、さらりと左胸が撫《な》でられる。

「噛まれる……のが、好き、……っん、とは、知らなかったけど」

「そういう話じゃねえの。知っててとぼけんな」

形状をたしかめるかのように胴回《どうまわ》りを両手でじっくりとさすられたあと、薄《うす》い肉付きをほぐすかのように手のひらに力を入れられた。

そのうち、真ん中に寄せるような動きをするから、これは少し違《ちが》う気がして問いかける。

「……なにやってんだよ、さっきから」

「んー……いや、今日真雪がキャミドレス着てただろ」

「ああ、かわいかったよなあ、あれ」

盛り上がりもろくにないそこに音を立てて口づけながら、ぼんやりと和輝は胸をいじっていたが、笙惟が素直《すなお》に褒《ほ》めたとたん、むうっと眉《まゆ》を寄せた。

「つか、いっぺん訊《き》きたいと思ってたんだけど、あんたってどっちもいけんの?」

「どっちもってなに」

「女。知ってんだよなやっぱ」

「あー……やっぱりってなんだかとは思うが、まあ……いって！　ばか、つねんな！」

ひとの乳首《ちくび》をいじりながら訊くことかと思いながら、曖昧《あいまい》にうなずいてやる。どっちだよといきなりきつくひねられ、痛いだろうがと身を丸めたら、今度は脚の間を唐突《とうとつ》に握られてぎょっとする。

「おま……なんなの。なにしたいの和輝」

背後から胸と性器を、愛撫《あいぶ》とは言い難《がた》い手つきでこねまわされる。なんなんだ、と目を丸くして振り返れば「んん」と唸《うな》った和輝が呟《つぶや》いた。

「いや……あんなんでも真雪はやっぱ胸があんだよなって。で、あんたはやっぱド貧乳だよなあと」

「あたりまえだろ。なんだよ。お姉ちゃんのおっぱいが恋《こい》しくなったか？」

「じゃないから、変だなと思って」

ぐいっと腰を尻に押しつけられ、高ぶったそれの感触《かんしょく》に思わず喉《のど》が鳴りそうになった。ぐにぐにと色気のない手つきで揉まれていた笙惟の性器も、さきほどの快楽を思い出してまた濡れてくる。

「なんでこう、あんたは全部、エロいのかな」

「こ、ら……」

「胸もさあ。乳首、こんな小さいのに」

尻の狭間《はざま》に高ぶりをこすりつけながら、なんだか途方《とほう》に暮れた子どもみたいに呟いている。

なんだか妙なテンションだと思いつつ、ぼんやりした声がうっかりかわいかったので、しばらく好きにさせてみた。

ときどき、和輝はその明晰《めいせき》すぎる頭脳のせいか、笙惟には思いも寄らないほうへと思考が飛ぶ。そうして出てくる質問や言葉は、けっこうこちらが面食《めんく》らうようなものもある。

そんなことにも、もう慣れた。慣れてしまったこともまた、少しだけ痛い。

「あ……」

執拗《しつよう》に、濡れた先端を撫でてくる。腰に触れた和輝も同じくらいにぬめりを帯びていて、首を甘噛みされながら胸を転がされるとじいんと熱が拡《ひろ》がった。

後ろ手に回した腕《うで》で和輝の髪《かみ》に触れ、唇を求めた。無理な体勢で交《か》わすキスは妙に興奮する。舌を突《つ》き出し、露骨《ろこつ》な感じになるからだろうか。

「ついでにもいっこ。これ、男に突っこんだことはあるわけ？」

これ、と言いながらぬるぬると指を動かされ、がくんと腰が跳《は》ねると同時に笙惟は噴《ふ》きだす。

「……どして坊《ぼう》や、は、そんな……露骨なこと訊いちゃいけません」

どうもぶつくさ言っている理由のひとつが、さきほどわざと妬《や》かせた台詞《せりふ》の中での「藍にも食指が動かされた」という点にあるのだと気づけばおかしくなったのだ。くすくすと笑ってしまえば不機嫌《ふきげん》そうに睨《にら》まれる。

「あんたな……集中しろっつの、ちょっとは」

「はは、……俺は、してるっつの」

気を散らしているのはどっちのほうだと喉奥で笑いを転がし、強引《ごういん》に抱きこんできた男の背中に腕を回す。そうして、一年前よりもずいぶん逞《たくま》しくなったのだといまさらながら実感した。

（また、筋肉ついたかな、こいつ）

とくにサークルなどには入っていないようだけれど、高校時代の部活でもあった水泳は好きなようで、海でもプールでもよく泳いでいるらしい。そのせいか、和輝の身体《からだ》はきれいな逆三角形のラインを描《えが》き、胸もけっこう厚みがある。

抱きあうたびに和輝の身体を腕の中で持てあますようになる。伸びやかなこの身体を抱いて、かわいがってやれる時間はもうあとちょっともないのだろう。

少年が青年に成長し、そして大人になっていく大事な時間を、こんなところで浪費《ろうひ》させている。そんな罪悪感と、日々変わっていく和輝を見つめられる贅沢《ぜいたく》を、同時に嚙《か》みしめた。

「は……んん、そこぉ……！」

「んん？」

胸に吸いついたまま、拡げた脚《あし》の奥に指を忍《しの》ばされた。ゆっくりと円を描くようにしながら濡らした指を馴染《なじ》ませ、頃合《ころあ》いを見計らって奥へと進めるタイミングも、もうずいぶんうまくなった。というより、最近ではかなり一方的に喘《あえ》がされることも増えている。

（くそ……最初はもっと遠慮《えんりょ》してたくせに）

指を入れられながら、長い脚の間にある高ぶりをぎゅっと握《にぎ》りしめてやる。少し痛かったのか、軽く呻《うめ》いて睨んできたけれども、以前のようにおろおろとうろたえたりもしない。

「……最近おまえ、かわいくない」

「そりゃどーも」

「んだよその態度……っ、ああ、あう！」

けなしたのににんまり笑って返される。その余裕《よゆう》はなんだと思いきりいやらしくしごいてやると、指を回されて返り討《う》ちにあってしまった。

「はっ、んっ……ばか、ばか、そこっ……」

「……あんたは最近かわいい」

弱い場所をぐりぐりいじられ、息を切らして喘いでいればそんなことまで言ってのけられた。甘い声に一瞬《いっしゅん》耳が熱くなり、そんな自分がいちばん恥ずかしい。

「クッソガキ……死ね！」

「いいよ。七十年くらいあとなら聞いてやる」

しゃあしゃあと言ってさらに指を増やされる。もう悪態もつけず、ぐずりと腰《こし》から下が蕩《とろ》けて身体を揺《ゆ》らせば、忙《せわ》しない呼気を漏《も》らす唇《くちびる》を塞《ふさ》がれた。

余裕顔をしているくせに、入りこんでくる舌はずいぶん熱っぽい。もっと違うものを違う場所に入れたいと訴《うった》えるような急《せ》いた舌遣《したづか》いに、ぞくぞくする。

（あ、やばい……）

食《く》らいつくようなキスに、じわあ、と自分のそこがやわらいだのがわかった。当然その変化は和輝へと伝わり、ねっとりと口蓋《こうがい》を舐《な》めたあとに唇を離《はな》した彼は、そのまま顎《あご》へと舌を這《は》わせながら呟く。

「……すげ。溶《と》けた」

「アホ……」

嬉《うれ》しげな和輝の声に腹立たしくなり、けれど悪態も力がない。舌を突き出すようにしてこすりあわせながら、薄目《うすめ》を開けた状態でお互《たが》いの顔を確かめる。

「んだよ、エロい顔して……」

「そりゃ、そっちだ、ばかっ……ああ！」

ゆるんだそこで指を軽く動かされて、腰が疼いて背中が痺《しび》れる。声の大きくなるポイントはすでに知られていて、そこをかすめるように抉《えぐ》られると、ひきつった呼気だけ漏れていく。

「も、い……早く……っ」

もう指では足りないと腰を揺すって、和輝を摑《つか》んだ指で促《うなが》した。けれどじりじりといたぶるようにあちこちへと口づける彼には聞こえていないのか、それともわざと無視しているのか、指先ばかりを執拗にする。

「も……早く……って、言って、る！」

「でっ……！　んだよ、いつもせっつくながっつくなって言うだろが」

「だからっつって焦《じ》らしすぎたら冷めんだろが！」

さっさとしろと背中をはたけば、さすがに痛かったのか上半身を起こして睨んでくる。けれど、その端整《たんせい》な顔を両手に包んで焦《こ》がれたようなキスをすれば、同じほどに激しく返される。

「和輝……和輝。もう、頼《たの》むから、これ入れて、突っこんで……」

「……欲しいの？」

「おまえ、は、欲しくねえの？」

ちろりと舌なめずりをしながら、開いた脚と反らした胸と、慣れた指遣いで誘《さそ》いこむ。濡《ぬ》れた目のまま反り返ったものをしごいてやれば、小さく舌打ちした和輝に無言のまま脚を抱《かか》えあげられた。

（あ……も、たまん、ない……っ）

大きな手に尻《しり》を拡げられ、ぬるりとしたそれを押し当てられただけでいきそうになる。じんじんと疼《うず》く性器を自分の指で押さえ、とにかく早くとそんな気分で見あげれば、なんだかせつなそうな顔をした和輝と目があった。

「……いい子だから、おいで」

「なに、その言い方……」

押し当てられたものをそろりと指で撫《な》でると、悔《くや》しげに顔を歪《ゆが》めて身体を倒《たお》してくる。狭《せま》い粘膜《ねんまく》が押し広げられていく感覚に、軽く息を呑《の》んで指を噛んだ。

「んー……っ、あ、ふ」

「っとに……あんたどこまでエロいの」

「あっあっ……んん、知るか、よ」

抱きこまれ、髪を梳《す》く指が口調や顔に反してひどくやさしい。和輝の抱き方は大抵《たいてい》そうだ。荒《あら》っぽく身勝手にしているようでも、ふとした部分でちゃんとこちらを気遣《きづか》っている。

(そりゃはまるってのな……)

ひねているようで純情で、賢《さか》しい顔をするくせに妙《みょう》に素直《すなお》で。身体を繋《つな》げるたび、そのきれいなものがいっぱいに入りこんでくるような、そんな感慨《かんがい》さえ味わってしまう。

自分があえて露悪《ろあく》的に振《ふ》る舞《ま》うのも、結局は引け目からなのだろうか。いつか失望して離れていっても、知られているからしかたないと、そんなふうに考えるのは臆病《おくびょう》なのかもしれない。

「和輝は……かわいい、な」

「んだ、それ。ばかにしてんの?」

また子ども扱《あつか》いかと顔をしかめるから、苦笑《くしょう》が漏れた。汗《あせ》にまみれた、こんな男くさい顔でひどく熱いものを身体に打ちこまれている状態で、どうやったら彼を子どもと思えるだろう。

「してねえよ。……ほんとに、かわいいから」

もっとおいでと腰を揺すり、曲げた脚で引き寄せた。ねっとりとしたそこに包みこんだらもう離したくなくなる。もっと深い場所になにもかも欲しくて、だからいままで誰《だれ》にも許したことがない体内での射精も、和輝にだけ許した。

——あんたじつはけっこう、俺のこと好きだよな。

あの日、見透《みす》かしたようなことを言われて悔しかったのは、結局それが本音だからだ。そしてあのときと同じ目をして覗《のぞ》きこんでくる和輝は、ふてくされた顔を捨てていきなり男の顔になる。

「んじゃ……かわいがってくれんの?」

「んあ、あ、あ、あっ……いつも、してる、だろ……っ」

こういう甘えも、どこで覚えたのだろう。教えたのは自分だろうか。耳に噛みつきながら息を切らし、外でこの声を出すなと言いたい気持ちを押し殺す。

「っんな、締《し》めんな、よ」

「ふあっ! あ、だっても……っ、もう」

ぐぐっと強く押されて、射精しそうになった。けれど、出る、と呻いたとたんに和輝がそこをきつく押さえてきて、がくんと背筋が仰《の》け反《ぞ》ってしまう。

「や、ばかっ……いきたい、って」

「だめ」

「なん、あ……っ、あっ、いや、そこ、そこばっかり……」

ずるりと引き抜《ぬ》かれ、浅い部分で卑猥《ひわい》に激しく出し入れされる。敏感《びんかん》な入り口を延々刺激《しげき》し続けられると、奥が疼いてたまらない。

「な、あ……さきっぽ、だけ、やだってて っ」

「……どうしてぇの」

「つっこ、んで……なか、それで、かき回し、て……っあ、あぁあ！」

勢いよく突《つ》き入れられ、頭のさきまでずんっと痺れが走った。その瞬間《しゅんかん》、せき止められた射精をよそに強烈《きょうれつ》な快感が襲《おそ》ってきて、がくがくと身体《からだ》が揺れる。

「い……っ、いくっ、い……っ！」

急激に襲ってきた体感の激しさに、頭がついていかない。ちょっと待ってくれと胸を押し返した手首を摑まれ、さらにひどく動かれた。

「やめ……も、い……っ、い、ったってば、あっ……！」

「嘘《うそ》つくなよ。出してねぇだろ」

嘘じゃない、と笙惟は怯《おび》えたように自分の性器をちらりと眺《なが》めた。先端《せんたん》からは、だらだらと体液が染《し》みだしていて、けれど半端《はんぱ》にむずがゆいまま、放出しきったかのようにうなだれたそれの反応がよくわからなくて怖《こわ》い。

（なんだ、これ……やばい、なんかやばい）

やめてくれともがいた両手をベッドに縫《ぬ》い留められる。そのまま叩《たた》きつけるように腰を使われ、もう死んでしまうと喘《あえ》いだ笙惟はぶるぶるとかぶりを振《ふ》り続ける。

「出なくて、も、いっ……いくの、知ってる、だ……っあ、あっあっ」

「知らないね。あんたが美少年食いの気があるのも今日知ったくらいだし」

「食ってね……って、ああ、ああん……!!」

不機嫌《ふきげん》そうに吐《は》き捨てられ、ぐるりと腰《こし》を回された。解放されたはずの性器は萎《な》えもせずかといって完全に勃起《ぼっき》したわけでもなく、延々と絶頂感が続く。

「い……っ、いって、和輝……いって……っ」

ひっきりなしに和輝を締めつけ、頼むから出してくれと懇願《こんがん》する。けれど、いつもなら自分の中で弾《はじ》けるはずのそれは、硬《かた》く熱したまま少しも終わる気配がない。

(なに、これ……いつまで、やんの)

いいかげん長すぎる、どうしてだ——と目眩《めまい》のするような気分でいれば、和輝は疑問を口にしようとした筆惟の声をキスで塞《ふさ》いだ。

「はう、うんっ……んっ、んっんっんっ！」

なんだこれは、と目を瞠《みは》ったまま涙《なみだ》が溢《あふ》れてきた。過度の刺激に耐《た》えかね、震《ふる》えるままの舌を何度も咬《か》まれながら、筆惟は本気で怯えを感じた。

(だめだ、これ以上、このままだと……おかしくなる)

どこか壊《こわ》れたように奥まで突き入れられ、かと思えばゆるゆると揺《ゆ》すられて、いきっぱなしの身体が本気で痙攣《けいれん》をはじめてしまう。

「も、や……っ、やめ、やっ――ひ、あああ！」

もがいて、腕《うで》に爪《つめ》を立てた。引っ掻《か》いても和輝は止まることがなく、どころか両手首を摑《つか》んでそのまま、激しく揺さぶりをかけてくる。

「いやっ、ひ……もっ、あ……アタマ、どうにか、なるっ……！」

やめてくれ、と本気で泣き出しそうになって暴れれば、和輝は焦れったそうに舌打ちをした。そうしてふっと動きを止め、ひくひくとしゃくりあげている喉《のど》をそろりと撫でてくる。

「……ごめん」

「殺す、気か……っ」

少しだけ動きをゆるくして、小刻みに揺すってくる和輝の顔には渋面《じゅうめん》が浮かんでいる。だがこちらもまだ、混乱しきった状態のままで、抗議《こうぎ》の声がうわずった。ぜいぜいと肩で喘いでいれば、その肩口にまた「ごめん」と告げて唇《くちびる》を押し当てたあと、がくりと和輝はうなだれる。

「あー……くそ、やっぱり飲むんじゃなかった」

「ん、な、なに……」

妙に苛立《いらだ》たしげなひとことに目を丸くすれば、深く息をついた和輝は気まずそうに吐き捨てた。

「前に一回試《ため》したことあるから。……俺、酒飲むとどうも、いきにくいらしい」

「な……っ!?」

聞き捨てならないひとことに、笙惟は愕然《がくぜん》となる。どこで試したのかということもかなり気になったけれども、その内容があまりにあまりなことだったからだ。

「あんた逆みたいだけど……終わんねーんだよ、さっきから、なかなか」

「うそ……だろ」

道理で妙に焦《じ》らすと思った。あれも鈍《にぶ》い感覚をどうにかするため、こっちの身体をいじりまわしていたということか。

（って……あとどんだけかかるんだよ）

冗談《じょうだん》じゃない、とざあっと青ざめる。そこまで身体が保《も》つかどうかと怯えたが、しかし焦れったそうな恋人《こいびと》の顔を見ているうちに、なんだか可哀想《かわいそう》に思えてきた。

「……よくねえの？」

「わかんね。くそ……どうも感覚鈍い。もったいね……」

ぶるぶるとかぶりを振って悔しげに言う和輝がきつく抱きしめてくる。背中を撫でてやりながら、「なにがもったいないんだよ」と問えば、返ってきた答えにはいささか赤面した。

「せっかく入れたのに、なんかよくわかんねえ。いつも、すげえいいのに」

「ば……か、あっ、ら、乱暴にすんなって！」

「熱いし、濡《ぬ》れてて締まってんのはわかるんだけど……」

もどかしい、と強く動かれて少し痛かった。笙惟の中に焦れたそれをこすりつけるような動作には和輝の苛立ちが透《す》けて見えて、このままではお互《たが》い、終わるころにはかなりまずいことになると思う。

「……痛くねえか？　これ」

「なんか……なんとなく」

張りつめきってこんなに熱いのに、達せないのがつらいのだろう。できるだけ力を抜き、やんわりとそこを動かしてやるけれど、とてもいいとは思えない顔しか見せてくれない。

(哀《あわ》れだなあ、これじゃ……どうにか、してやりたいけど)

なにより、射精したいのにできないというのはかなりストレスだ。放っておけば苦痛になるのはわかっているし、どうしたものか——とひりついた表情をする頬《ほお》を撫《な》でた笙惟は、ふとベッドに入る前の戯《ざ》れ言を思い出した。

「あ。……なあ、和輝。ローション取って」

「……濡らしたからいいってもんでも」

「いいから、ほら」

なんなんだ、と訝《いぶか》しげにしながらも、和輝はつながったまま頭上に手を伸《の》ばした。さきほど自分に使われたローションを手渡《わた》され、ボトルの蓋《ふた》を開ける。

「……なにすんの」

「逃げんなよ」

そのまま指を濡らしはじめた笙惟に、いやな予感を覚えたらしい。腰を引いて逃げようとするのをがっちりと脚《あし》で搦《から》め捕《と》り、ねっとりした粘液《ねんえき》を絡めた指をうしろに回した。

「げ……っ、な、なにっ⁉」

「はいはい怖くない」

ぬるっとそれを塗《ぬ》りつけたのは和輝の尻《しり》だ。まさかと思っていたのだろう彼は反射的にそこを食い締《し》めて阻《はば》むけれど、空いた手で顎《あご》をくすぐりあやしてやる。

「これなら一発だから、いい子だ、力抜いてな」

「ちょ……いや、マジ、怖《こえ》ぇんだけど……っ」

「怖くないって。……痛くしないから、オニーサンを信じなさい」

「うわわわ、わ」

それでもまだ暴れるので、中に入ったものをぎゅうっと圧迫《あっぱく》する。急所でもあるそれを捉《とら》えられたままでいるせいか、ぴたりとおとなしくなった和輝が妙《みょう》にかわいい。そのまま、縋《すが》るようにぎゅうっと抱きついてこられて、久々のうろたえた顔に妙に嬉《うれ》しくなった。

「ふふ。なんだ、急に甘えて。かーわいいね」

「あ、あんたはべつの意味でエロくて怖い……」

よしよしと顔のあちこちにキスをしてやると、観念したのか力が抜けた。ゆっくりと撫でて馴染《なじ》ませたあとに、そろりと人差し指の先を埋《う》めこんでいく。

「く……う」

「そんな、痛くないだろ？」

「ねえ、けど、……うわー……なんだこれ」

あたりまえだが、はじめてひとに触《ふ》れられる和輝のそこは狭《せま》くて硬い。べつに挿入《そうにゅう》を目的とするわけじゃないので、拡《ひろ》げる必要もない。ただ動きやすいよう少しずつローションを足して奥へと進めると、さっさと目的の場所を探し当てることにした。

「あー……っ、やべ、キスさして。なんかしてないと耐えらんねぇ」

「んん？　いいよ」

ほい、と唇を突《つ》き出してやると、思いきり吸いついてくる。尻を探《さぐ》る指とはべつの手で髪《かみ》を撫でてやると、甘えきった声をあげて舌を舐《な》めてきた。

「んぅっ」

「あ、あった……」

ぬうっと差し込んだ指であたりをつけ、軽く撫でてやった場所に「それ」が見つかる。ぎくりと背中を強《こわ》ばらせた和輝の口の中をねっとり舐めまわしてやると、至近距離《しきんきょり》の端整《たんせい》な顔がきつくしかめられた。

「な……和輝、どう……？」

「はっ……あっ……やべ……」

引き締まった尻の浅い部分で指を動かしながら、中にあるものを締めつける。うう、と唸《うな》った彼がさらに膨《ふく》らみ、笙惟の視界が涙《なみだ》にぶれた。

「なに、これ……笙惟、なんだよこれっ」

「ん、和輝のいいとこ。……ほら、一発だろ」

びくりと震《ふる》えた和輝の中に、もう少し指を入れてみる。細い指はジェルのぬめりで充分《じゅうぶん》に奥へと進み、あの場所をぬるりと撫でれば笙惟の中にあるものが一気に膨らむ。

「あっ……あ、ああ」

広い肩を震わせ、震えて小さく喘《あえ》ぐのが、はじめてのあの日を思い出させて胸が熱くなる。

(かわいいかわいい和輝。俺の中でいっちゃいな)

汗《あせ》まみれで歪《ゆが》んだ、誰《だれ》にも見せない顔をして、誰にも触《さわ》らせないところを犯《おか》されて、自分だけに溺《おぼ》れればいい。

「あー……すげえ、これっ……う、うわ」

「……気持ちいい?」

焦《あせ》った声でうわずるのがたまらない。目を眇《すが》めて、縋るように抱きついてくる和輝が、いままでいちばんいいとおしいと微笑《ほほえ》む笙惟に、焦れたキスが落とされた。

「ん、も……やべ、動いて、いいっ?」

「いい、……っあ、ああ、あ!」

許諾《きょだく》を呟《つぶや》いたとたん、いきなりずんと突き入れられた。そのまま、我を忘れたように激しく揺《ゆ》さぶってくる和輝の姿に、笙惟もまた乱れていく。

「んん！　あっ……っか、和輝……いい？」

「ん、あ、……いい……っあ、うわ、あっ」

動物みたいに腰《こし》を動かして、小さく喘ぐ和輝がいやらしくていやらしくて頭が沸騰《ふっとう》しそうだ。ぐいぐいと奥まで犯されて、もっと、と彼の腰を引き寄せる。忍《しの》ばせた指をそのまま動かすと、びくびくしながら首筋にかじりついてくる。

「あ、やば……い、やばい、いく……な、なんか漏《も》れそう」

「いいよ……出していい」

かわいくてたまらない。そのくせ、中で暴れ回る男はますます猛々《たけだけ》しくなって、もう、と笙惟はかぶりを振《ふ》った。

「俺も、いき、そ……」

「ほんと……？」

「ん、だって……これ」

きゅう、と絞《しぼ》り込んだ腰の奥にある和輝は、いままでにないほど育っている。びくびくと脈打っている感触《かんしょく》だけでももうたまらないのに、試《ため》すように揺り動かされると悲鳴が溢《あふ》れそうだ。

「だ、め、和輝、だめっ……そこ、こすったらだめ……っ」

「なんで、いいじゃん。いっしょに、いこうよ」

なあ、と耳を舐められて脚が震えた。内腿《うちもも》で彼の身体《からだ》をきつく締めつけながらお互いに腰を揺すって、もうたまらないと舌を絡める。

ねっとりとした濃密《のうみつ》なセックスに溺れるまま、もうろうとする意識で呟いた。指を忍ばせた和輝の中もひどく熱くて、二重三重に絡みついた官能が、もうどこまでが互いの身体なのかわからなくする。

（いれてんの？　それともいれられてんの？）

犯しているのか犯されているのかそれすらわからない。ただただ純度の高い快楽だけが体内に満ちあふれて、もう少しで決壊《けっかい》が訪《おとず》れる予感があった。

和輝が、堪《た》えきれないように腰を引き、また押しこんでくる。次第《しだい》に早くなっていくそれに「ああ、ああ」と意味もない声が漏れて、凝《こ》って痛い乳首《ちくび》を噛《か》まれたらもうだめだ。

「も、だめ……いく……っ、そこ、そこされると、ほんとにいっちゃう……！」

「あ、い、いく……？　俺もいっていい？」

「んっ、んっ」

こくこくとうなずいて腰を揺すると、もうなにもできなくなった。あげく、動きにくいからと彼の中にひそめていた指を奪《うば》いとられ、手の指を全部絡めて突きあげられる。

「ああ、もう……くっそ……！」

「んんあっ、あっ、あっ！　ああ、も、いけ、よぉ……！」

肉を打ちつける音が響《ひび》くほど激しくされて、視界がぐらぐらと揺れた。どうしてかいつもよりも快楽を拾う場所をしつこくされ、なんでだ、と思っていた笙惟はふと気づく。

（あ、そっか……自分でわかったのか）

感じさせてやるつもりだったのに、我が身に跳《は》ね返るとは。ミイラ取りがミイラになるというやつだろうかと思いつつも、中を攪拌《かくはん》するような凄《すさ》まじいそれに意識が途切《とぎ》れた。

「あはっ、んっ、あああ、もう、もう……っ」

「あ……もう、笙惟……出るっ、中で、出さして？　出していい？」

「ん、ん、出してい……っ、いいっ、ああ！」

「んん！」

思いきり奥まで入りこまれた瞬間《しゅんかん》、和輝がぶるっと震えて腰を止めた。奥の奥で放熱を感じた瞬間、それに押し上げられたかのように笙惟も達して、身体の中も外もべったりと濡《ぬ》れる。

「はっ……は、ああ、あっ」

「かず、き……」

ふだんよりずいぶん甘ったるく喘ぐ男がかわいくて、抱《だ》きしめたまま頰《ほお》にキスをする。腕の中で徐々《じょじょ》に荒《あ》れた息をおさめたあと、悔《くや》しげに唇《くちびる》を嚙んだ和輝が強く抱き返してきた。

「あー……めちゃくちゃいかされた、って感じ」

「こっちの台詞《せりふ》だ……」

死ぬかと思ったと息をついて、甘ったるく唇を触れあわせた。ゆっくりと萎《な》えていく体内のそれに、じんわりした充足感《じゅうそく》を覚えていると舌を咬《か》まれる。

「なあ」

「ん？」

「——好き」

不意打ちのそれに、どんと心臓が殴《なぐ》られた気がした。鼻先をこすりつけるような甘えた仕種で、和輝はふわりと微笑みを向ける。

「……やっぱかわいい。その顔、すげえ好き」

「う、うるさ……」

「好きだよ。もっと遊んで」

ぺろりと鼻を舐められて、ふざけるなと言いかけた唇をまた塞《ふさ》がれた。おまけに気づけば、つながったままのそこはもう、いっぱいになりかけている。

「もっと、させて」

「まず……いって、腰、抜《ぬ》ける……」

「抱いて帰るから……明日、どうせ休みだろ」

顔中のあちこちを舐められ、噛まれて腰が砕《くだ》けそうだ。そしてしまったなと笙惟は思う。

「色男でも美少年でもないけど、俺にして」

「ばか……」

背伸《せの》びして虚勢《きょせい》を張るより、甘えたほうが有効だという事実を、どうやらこの狷介《けんかい》な子どもは覚えてしまったらしい。

「あと、さっきの美術館。オープンしたら一緒《いっしょ》に行く」

「に……ほんが、好き？」

「わかんないけど、あんたが行くなら行く」

またそういうかわいいことを言うかと、ため息がこぼれてしまう。

乳首を舐《な》めるそれはとてもお子様とは思えないのに、胸に頬をすりつけてくる仕種がうっかりかわいい。

「しょーがないね、もう……」

あきらめの息をついて、髪《かみ》をくしゃくしゃと撫《な》でてやる。お許しが出たことに嬉《うれ》しそうに笑った和輝はその指に口づけたあと、もう一度好きだと言って笙惟を激しく照れさせた。

「なあ、たまにはそっちから言えよ」

「やだね」

それでも、求める言葉に素直《すなお》に応じてはやれない。ふいと顔を背《そむ》ければ耳のうしろを強く吸われ「痕《あと》は残すなっ」と思わずわめいた。

「好きって言ったらやめてやるけど」

「偉《えら》そうに。十年早いっつってんだろ」

「じゃあ、十年後に絶対言えよ」

だからそういうことをさらりと言うなと目を剝《む》いて、笙惟はそのきれいな首に、思いきり嚙みついてやる。

「おまえ絶対、いつか犯《おか》してやる……」

「はいはい。もう動いていい？」

「聞けってひとの、話……っ、あ、あんっ」

喉奥《のどおく》で笑って揺すぶられ、この野郎《やろう》と睨《にら》んだ目に涙《なみだ》が滲《にじ》む。その目尻《めじり》にそっと唇を寄せられて、かすかに震《ふる》えた笙惟の吐息《といき》は忙《せわ》しない喘《あえ》ぎに紛《まぎ》れて、甘く染まった。

＊　　おまけ1／その夜の藤木　　＊

ただいま、と小さく呟《つぶや》いて開いたドアは、同時に帰宅した男の手で閉められた。

賑《にぎ》やかだったパーティーを終えた店の後始末は山下に任せ、一足先に帰宅したけれど、すでに時刻は日付を変えるころになっていた。

「今日はけっこう盛況《せいきょう》だったたな」

「嘉悦《かえつ》さんも、最後までつきあわせてごめんね」

さすがに疲《つか》れた、と小さく息をつき、暫定《ざんてい》同居人の前で藤木は軽く肩《かた》を竦《すく》める。

「俺はただ飲んでただけだが、おまえ結局ずっと接客してたようなもんだろう」

「まあ……新店長が打ち合わせに入っちゃってたからねえ」

突貫《とっかん》工事ではじめたプレオープンから、いくつもの見直しや再検討を繰《く》り返しての今夜だったが、やはりなにもかもが間に合った、とはいかなかった。

とくに問題になったのが、山下が是非《ぜひ》目玉にしたいとプッシュしてきたメニューのいくつかで、どの程度それの需要《じゅよう》があるのか読み切れないうちには定番としてしまうのはまずいという大智の意見と真っ向ぶつかり、チーフである江上を交えてパーティーの裏で延々と話しあっていたらしいのだ。

「まあでも……これでようやく少しは、手が離《はな》せるかな」

呟く言葉に少し寂《さび》しさが滲むのは、これでこのマンションに寝泊《ねと》まりする理由が減ってしまうからだ。

西麻布のあの店をオープンにこぎつけるため、マネージャーとなった藤木は週のうち数日を、広尾《ひろお》にある嘉悦の部屋から通っていた。

当初の予定では一年か二年はマネージャーとして監督《かんとく》するはずでいたのだが、なにしろ藤木の負担《ふたん》が大きすぎた。

湘南と西麻布を週のうち何度も往復し、しかも店の営業時間が湘南店は昼夜営業、西麻布店は夕刻から早朝と違《ちが》うことから、場合によってはフル回転になる藤木の身体《からだ》に、さすがに無理が出たのだ。

――まさかこんなことになるとは思わなかった。悪かったねえ、藤木くん。

過労で倒《たお》れかけたことを知り、慌《あわ》てて帰国した曾我は「無理を言って悪かったね」とすまなそうに告げた。自身がかなりタフな上、なにもかもを藤木に丸投げする状態でいたから、過剰《かじょう》労働になるところまで頭がまわらなかったのだとオーナーはしょんぼり謝った。

――たしかにお願いはしたいけれどもね。あまり根を詰《つ》めてきみに倒れられては、そのほうが困るんだよ。

大事にしなさい、と本当の父親のようにベッドのそばで藤木の手を握《にぎ》り、いたわりの言葉を向けてくれた曾我の気遣《きづか》いは嬉しかった。

そして藤木はシフトをもう少しゆるく組み直し、任せられることは山下に任せる、というスタンスに自分の気持ちも切り替《か》えた。

またそこに江上という重鎮《じゅうちん》の存在を得たことで、店の監督をするという店に於《お》ての責任者も決まったため、予定よりもかなり早めの切り上げとなったのだ。

今後はせいぜい週に一度、様子見に来ればいいということになり、そのうちには全面的に山下と江上に任せることになるのだろう。

「でもまあ、無事にオープンしてよかった」

しみじみと感慨《かんがい》にふけっていれば、そっと背後から抱《だ》きしめられる。

「……お疲れ。がんばったな」

「うん……」

ねぎらう言葉がじんわりと、疲労《ひろう》のひどい身体に染《し》みた。体重を預けるようにして抱きしめられていると、ほっと息がこぼれる。

(ほっとする)

ハードスケジュールのため、半同棲《どうせい》状態といってもそうゆっくりする暇《ひま》はなかった。なにしろ新店の営業時間と嘉悦の出勤時間はほぼ真逆、日によっては本当にただ寝にくるだけで、顔も見ないまま湘南へとって返すということもあったくらいだ。

「まあでもこれで、青い顔のおまえを見なくて済むからほっとする」

「ん、ごめんね。心配かけて」

甘やかすように頬《ほお》を撫でられ、くすぐったいと微笑《ほほえ》むとゆっくり抱擁《ほうよう》がほどかれていく。

「明日は休みにしてるんだろう。風呂《ふろ》にでも入って、寝ちまえ」

「うん、わかった。……ありがと」

だが、うなずいた藤木の手は嘉悦のスーツにかかったままだ。ぐずるように甘えてくる恋人《こいびと》をもう一度抱きしめ、嘉悦はゆっくりと髪を撫でる。

「なんだ、甘ったれてるな。めずらしい」

「ん……だって、明後日《あさって》からあっちに戻《もど》るから」

またしばらく、来られなくなる。週に一度の新店行脚《あんぎゃ》では、わざわざこちらに泊《と》まることも減るだろう。

むろんこれからも会いたいときには会えるけれども、どんなにすれ違いの生活でも、嘉悦のいる部屋ですごす時間がこんなにも満ち足りていたのだと、いまさらに気づいた。

（寂しい。もっと、一緒にいたい）

離れがたいと広い胸に顔を寄せると、頭上から困ったようなため息が落とされた。

「ちょっとおいで、聖司」

「んん？」

くしゃくしゃと頭を撫でた嘉悦が、腰《こし》を抱いたまま居間へと向かう。なんだろう、と思ったままついていけば、ソファに座らされ「ちょっと待ってろ」と言い置かれた。

「なに……？」

「この話はまあ、今度落ち着いてからと思ったんだが」

ややあって戻ってきた嘉悦は、なにか大判の封筒《ふうとう》を手にしている。なんだろう、と首を傾《かし》げた藤木は、その封筒をひょいと渡《わた》されて、目にしたロゴにはっとなった。

「……湘南不動産？」

「いくつか土地をあたってもらった。おまえの好きそうなあたりに決めろ」

「って、まさか」

慌てて中身を取り出すと、そこには賃貸ではなく売買物件の、それも更地《さらち》の資料がごっそりと入っている。

「な……なにこれ。家は？」

「今度、知りあいに建築デザイナーを紹介《しょうかい》してもらうことになってる。その前にはまず土地を決めないとと思ったんだが、資料を取り寄せたところまでで頓挫《とんざ》してた」

「ちょっ……ちょっと、待って」

混乱してきた、と藤木は頭を押さえた。

「あの、それって本気で家を建てるって意味に取れるんだけど」

「意味もなにもそのままだが。前にも言っただろう」

かつて、新店が軌道《きどう》に乗ったら湘南へ戻らなければならないと告げた藤木に、嘉悦はたしかにこう言った。

――その頃《ころ》には俺がこの辺に越《こ》してもいい。

寝物語に交《か》わした約束を、本気にしていなかったわけではない。たしかに、家を買ってもいいかとも言われていた。だが、まさか土地から買い上げての計画とまでは考えておらず、ちょっと待ってと藤木はひきつった笑《え》みを浮《う》かべる。

「俺、そこまでしなくていいって言ったよね？　あっちは土地も高いし、借地でも相当なもんになるし、上物《うわもの》だってべつに新築じゃなくってもいいし、マンションだってかまわないって」

「だが、どうせなら家も土地も自分のもののほうがいいだろう？」

あっさり言ってくれる嘉悦は、いま会話をしているこのマンションも、分譲《ぶんじょう》タイプのそれをひとりで使っている。ここは処分することにしても、贅沢《ぜいたく》すぎる話だとさすがに頭が痛い。

「だ、だからってさあ、……これちょっと、どうなの!?」

また藤木が面食《めんく》らっている理由のひとつには、候補地になっているそれらが皆、湘南近辺でも一等地ばかりをピックアップしてあったからだ。それも坪《つぼ》数が相当なものばかりで、およそふたり暮らしをするには贅沢すぎると目眩《めまい》がする。

「なんだ。結局のところ、同居がいやなのか？」

「それはしたい！　でも、もうちょっとつつましい感じでいい……！」

松濤《しょうとう》にある嘉悦の実家も、正直怯《ひる》みそうなほどにけっこうな家だった。ああした家に育った嘉悦が、いつか自分の城をと思っていたのも知っている。

だがだからといってこんな凄《すさ》まじい金額になりそうな計画を、あっさり飲むわけにはいかないのだ。

「俺も半分出すって言ったじゃん、嘉悦さん俺の年収も知ってるだろ！　無理だよこんなのっ」

青ざめ、うわずった声を発した藤木に、さすがに嘉悦も眉《まゆ》を寄せる。

「住宅ローンを組んでそれなりに計画を立てれば無理な話じゃないし、そのあたりは収入に応じた割合でいいと言っただろう」

「それじゃほんとにおんぶに抱っこじゃないか、いやだよそんなの！」

大企業《だいきぎょう》の役職づきである嘉悦と、レストランバーの雇《やと》われ店長の藤木ではそもそも収入面も違いすぎる。圧倒《あっとう》的な感覚の違いに、正直言えばせつなささえ覚えた。

(情けないけど、それが現実だし)

だいたいローンを組んだところで、いったい何年かかるのか――と冷や汗《あせ》をかいた藤木に、ふっと嘉悦はため息をついた。

「まあ、そこまでいやがるなら、やめておこう」

「え……」

嘉悦にしては妙《みょう》にあっさり引き下がられ、どうかしたのかと目を丸くする。基本的には穏和《おんわ》なほうだが、嘉悦はこれで案外強情《ごうじょう》だし、言い出したら引かないタイプだ。そのまま、テーブルの上に拡《ひろ》げた書類を片づけようとするから、とっさに腕《うで》を摑《つか》んで引き留めた。

「お……怒ったの？」

「いや。先走ったかと自分に呆《あき》れてる。もういいから、今日は寝ろ」

苦笑《くしょう》を浮かべた表情は、たしかに気分を害したという雰囲気《ふんいき》ではない。けれどなにか、すっと線を引かれたような遠さを感じて、藤木はふるふるとかぶりを振《ふ》った。

「あの、さ。もうちょっとリーズナブルなところなら俺もOKだよ。けど、こんな高いところじゃあ、ローンとかでも一生かかって返せるものなのかどうかわかんないし……」

頼《たの》むからわかってくれ、ともごもごしながら藤木が言い訳がましいことを呟《つぶや》いていれば、嘉悦はまたため息をついて書類を放り出す。

「……だからだろ」

「え？　なにが」

ふいっと目を逸《そ》らした嘉悦の、なんだか拗《す》ねたような響《ひび》きの声に驚《おどろ》いた。なにがだからなのだ、と顔を覗《のぞ》きこめば、気まずげに頭を掻《か》いた彼は思ってもみないことを告げてくる。

「この際だから嫌味《いやみ》を覚悟《かくご》で言う。俺は、このくらいの家なら、デザイナーに依頼《いらい》して新築を建てて土地ごと、一発で買い上げるくらいの蓄《たくわ》えは持ってる。いままでの貯蓄《ちょちく》と、祖父の遺産でな」

「げ……」

ほんとに嫌味だよと顔をしかめれば、続きを聞けと睨《にら》まれた。

「けどわざわざローンだなんだ言い出したのは、それがそれこそ、終身ものになりそうだったから、だ」

「はあ……また、なんで？」

税金対策？　などととぼけたことを告げる藤木に、今度こそがっくりとうなだれて嘉悦は呟く。

「……どうしてこういうときだけ、察しが悪いんだおまえは」

「なにがだよ。わざわざ一生ものにするなんて、意味がわかんな……」

ほのめかすだけでなくストレートに言えと睨もうとして、藤木ははっと口をつぐむ。

共同購入《こうにゅう》の土地と家、一生涯《いっしょうがい》かかる支払《しはら》い――一生ものの、責任。

「やっと気づいたか。だから頭がぼんやりしてるおまえに、言いたくなかったんだ」

憮然《ぶぜん》としたままの顔は、もしかしなくても照れているのだろう。じわじわと藤木も顔が熱くなってきて、嘉悦の顔が見られない。

「えと……あのそれ、プ、プロポーズですか」

「そうだ」

おまけにきっぱり即答《そくとう》されたあげく、そのまま強引《ごういん》に抱《だ》きしめられてしまう。もう死ぬ、と真っ赤な顔を広い肩《かた》に伏《ふ》せて、藤木もまた逞《たくま》しい身体《からだ》に腕を回した。

「まわりくどいよ、嘉悦さん……」

「……言っただろうが、俺はしつこいし、覚悟してくれと。こんな重たいもん、おまえに背負わせて縛《しば》りつける気でいるんだから」

「こんなのなくたって、縛られてるよ……っ」

もう本当に、この肝心《かんじん》のときばかり不器用な男はどうしてくれよう。ぎゅうぎゅうとしがみつきながら、嬉《うれ》しくて泣きそうで、藤木はひくりと喉《のど》を震《ふる》わせる。

「ただ、いやならはっきりそうと言ってくれ。俺のわがままなんだから」

「だからどうして、そこでそういうこと言うかな……！」

こんなことを言われて、どうやって断ればいいのかわからない。というよりもうこれで、藤木の選択肢《せんたくし》などなくなってしまった。

「頼むからいちばん安いのにして……」

「だからおまえが選べばいいと」

「土地のことなんか、俺わかんないもん」

決めてよ、とじんわり来てしまった目元を彼のシャツで拭《ぬぐ》って、ちらりと上目遣《うわめづか》いをする。

「一生とか言うけど。できるだけ、早めに終わるローンにしようよ」

「なんでだ」

まだ不服か、と覗きこまれ、藤木はなんだか笑ってしまった。

「あとあとのこと考えて。歳取ったらなにあるかわかんないんだから。……老後は金のことか考えないで、犬でも飼って、ゆっくり、……嘉悦さんとふたりだけですごしたい」

そうか、と呟いた嘉悦も、ようやく表情をやわらげた。赤くなった目元に長い指が触《ふ》れ、かすかに滲《にじ》んだものを拭い取ったそれに藤木は口づける。

「ほんとに……ふだん常識人のくせに、どうしてときどきそう、突拍子《とっぴょうし》もないんだよ」

「おまえに関してはたがはずれてるからな」

「……だからどうしてそう、恥《は》ずかしいんだよあんたは！」

もう黙《だま》れ、と真っ赤になって怒鳴《どな》ったあと、見た目にそぐわず甘ったるいことばかり紡《つむ》ぐ唇《くちびる》を塞《ふさ》いでやる。照れているのはもうばれてしまったようで、喉奥で笑う嘉悦に舌を絡《から》められ、悔《くや》しいと思いながら痛いくらいに吸ってやった。

「まだゆっくり、考えればいいから」

「うん……」

「それまでは、せいぜい時間作って会うしかないな」

うん、ともう一度うなずいて、広い背中に腕を回す。ぽんぽんとあやすように背中を叩《たた》かれて、涙《なみだ》ぐんだせいで熱っぽい吐息《といき》を肩口《かたぐち》へとこぼした。

「ほら。いいかげん風呂《ふろ》入れ」

「……一緒《いっしょ》に入って」

話は終わりと告げるつもりだったのだろう嘉悦は、藤木の小さな声にぴたりとその手を止める。強引に連れこまれることはあっても、自分からそういうことをねだったことのない藤木に驚いたように、端整《たんせい》な顔が固まっていた。

「それから、今日、……いっぱいエッチして」

「おい……？」

困惑《こんわく》している嘉悦の背中から手のひらをするりと這《は》わせ、脇《わき》にそって撫《な》で下ろしたあと、脚《あし》の間に触れる。羞恥《しゅうち》に染まった目もとで誘《さそ》い、藤木はちろりと恋人《こいびと》の耳を舐《な》めた。

「明日会社かもしんないけど、寝かせてやんないから」

「……これは、また」

覚悟して、と囁《ささや》いて、触れたものが反応したのをいいことにゆっくりと握《にぎ》りしめる。くっとおもしろそうに笑うあたりが余裕《よゆう》で悔しいけれど、手の中の熱がいとおしいからかまわない。

「怖《こわ》いな。なにをしてくれる気だ？」

「なにしてほしい……？」

顎《あご》を取られ、唇をゆったり親指で撫でられ、爪《つめ》のさきを舌でなぞるとそのまま二本の指をくわえさせられた。

「ん、んっ」

「……ここに、くわえてくれるのか？」

「ん、は……っ、す、する……っん」

ぐりぐりと指につままれた舌をいじられて、じんわり腰《こし》が痺《しび》れてくる。

「やらしい顔だな、聖司」

「ひとのこと、言えるかっての……」

抜《ぬ》き取られていった濡《ぬ》れた指を嘉悦が舐めるさまは、ふだんのかっちりとしたエリートの顔からは想像もつかないくらいにいやらしい。

視線だけで感じて、こくりと喉が鳴る。まだ少し濡れた指でそこを撫でられると、びくりと肩が震えてしまった。

「あ、あうっ」

「……どうも風呂まで待てそうにないけど」

つうっと首を撫でた指はそのまま滑《すべ》り降り、すでに硬《かた》くなりはじめていた胸のさきを摘《つま》む。ひくんと震えて、シャツの上からそこを噛《か》んだ男の頭を抱《かか》えこむと、腿《もも》をゆっくり撫でられた。

「聖司。……下、脱《ぬ》いで」

「ここで……？　っあ、噛んじゃやだ」

「ここで。早くしないともっと噛む」

いや、と言いながら震える手で下肢《かし》の衣服を脱ぎはじめる。たびたび手がとまるのは、あちこちと触れてくる悪い指のせいもあったけれど、もっとずっと、甘く疼《うず》いた乳首《ちくび》を噛んでいて欲しいからだ。

「……脚、自分で持って開いて」

恥ずかしいと思いながらも、あやすようなキスにごまかされ、ソファの上で脚を開いた。ほどなく指が触れ、唇が触れ、舌に撫でられるころにはもう、藤木の唇からはひっきりなしの喘《あえ》ぎと嬌声《きょうせい》が溢《あふ》れていく。

「ああ、ん……っ、で、出ちゃう……」

「まだ」

「あっあっ……ゆ、指いっしょにしちゃ、……ああっ、ほんとに……ほんとにいっちゃう」

がくがく震える脚を支える手が、白く強《こわ》ばった。もうだめ、と声をあげると同時に奥まで指を忍《しの》ばされ、嘉悦の口に溢れた体液を使ってさらにぐちゃぐちゃにかき回されたあと、前をくつろげただけの嘉悦に深くつながれた。

「あん、も、……もう、すごい……っ」

不自由な体勢でぐいぐいと突《つ》かれて、乱れて、あっけないくらいにのぼりつめた藤木はそのまままた達した。

ぐったりした身体は、こういうときだけかいがいしい嘉悦に丁寧《ていねい》に洗ってもらい、バスルームでまた抱《だ》きあったあと、まるで昏倒《こんとう》するように藤木は眠《ねむ》りに落ちた。

そして翌朝、昨晩の疲《つか》れなどみじんも残さない嘉悦が出社したあとに、藤木は例の封筒《ふうとう》の上にぽつんと置かれた小箱を見つけ、素直《すなお》にさっさと渡《わた》せばいいのにと大笑いしたあと涙ぐんだ。

「……っとに、ばか。いつの間に測ったんだか」

シンプルなプラチナのリングには、ふたりのイニシャルが刻まれている。ほんとに恥ずかしいと思いながらも、サイズのぴったりなそれは藤木の指にしっくりと馴染《なじ》み、もう二度とはずせそうにないなと思った。

はずしたく、なかった。

＊　　おまけ2／その夜の瀬里　　＊

喉《のど》がひどく渇《かわ》いている。口の中がなんだかごわごわするようで、痺れたような不快感に瀬里が目を覚ますと、そこは見慣れた自分のアパートではなく、見知らぬホテルの一室だった。

「……あれ？」

どうしていまここにいるのかまったく理解できず、きょとんと首を傾《かし》げていると、ドアが開く音がする。

「お。目が覚めた？」

「大智さん……？」

バスルームから出てきた大智は、その手に濡れたタオルを持っている。なんだろう、と思ってぼんやり眺《なが》めていれば、ひんやりしたそれが瀬里の頬《ほお》に当てられた。

「いま、頭痛くない？　具合どう？」

「あ、喉が渇いてるだけで……平気ですけど。それよりここ、どこですか？　俺、どうしてここにいるんですか？」

きょときょとと、見慣れぬ部屋に困惑しながら瀬里が問う。たしか自分は新店のパーティーで和輝と喋《しゃべ》っていたはずなのだが、そこからさきの記憶《きおく》がすとんと抜け落ちているのだ。

「あの、それと……なんで」

もぞりとアッパーシーツの中で身じろぎながら、瀬里はひんやりと冷えた自分の肩《かた》を手のひらに包む。

どうやら下着だけは身につけているようだったけれども、その他《ほか》は完全に裸《はだか》なのだ。赤くなりつつ、上目の視線だけで問うと、こちらはパーティー会場で着ていた服装のままの大智は「あらら」と苦笑《くしょう》した。

「覚えてねえか……瀬里ちゃん、ウーロン茶と間違《まちが》えて、水割り一気のみしちゃったの」

「え……？」

「どうもちょっと、悪酔《わるよ》いしたみたいでね。すぐ吐《は》いちゃってたから平気だと思うけど」

「ええっ!?」

それで汚《よご》れた服を脱がせてくれたものらしいとは理解した。だが、大智の前で吐いてしまったのかと、瀬里は少しばかりショックを受ける。

「ご、ごめんなさい……！　汚しませんでしたか？　迷惑《めいわく》かけちゃって」

「ああ、平気平気。トイレまではもっててくれたし……そうそう、喉渇《のどかわ》いたんだっけね。水分ちゃんと摂《と》って」

青ざめて頭を下げると、スポーツドリンクを冷蔵庫から取りだした大智が「気にしないで」と髪《かみ》を撫でてくれる。

「これ飲んで瀬里ちゃん。……どうしたの？」

「いえ……ごめんなさい……」

最悪に見苦しいところを大好きな彼に見られたというだけで、瀬里はもう顔があげられない。

（は、吐いたって……そんな、あんなものの始末までされちゃったってこと？）

醜態《しゅうたい》をさらして、汚物《おぶつ》の始末までさせてしまって、もうどうしていいのかわからなかった。

唸《うな》りながら立てた膝《ひざ》に顔を埋《うず》めていると、いきなり背中に指が触《ふ》れ、いきなり背骨をつうっと撫《な》で下ろしてくる。

「ひやっ⁉　な、なにっ？」

「ほら。へこむのはあとでいいからこれ飲んで。脱水《だっすい》症状になったら困るだろ」

飛びあがった瀬里にいたずらっぽく笑いかけ、蓋《ふた》をはずしたドリンクを手渡《てわた》された。真っ赤になりつつそれを口にすると、やはり喉が渇いていたらしく一気に半分以上を飲み干してしまう。

「ふあ……」

身体《からだ》に水分が足りていなかったのだろう、ボトルから口を離《はな》した瀬里は大きく息をつく。急激に瞳《ひとみ》が潤《うるお》う気がして、肌《はだ》までもじんわりと濡れた気がした。

「よしよし。これ飲めるようなら平気だな。もう吐きそびれはないみたい？」

「あ、はい……ほんと、すみませんでした」

瞬《また》きをして、潤《うる》んだ目で大智を見やると、笑《え》みを浮《う》かべていた彼は一瞬《いっしゅん》だけ真顔になる。

「あの、なにか？」

「……や、ううん。まあそんで、ぐだぐだになっちゃった瀬里ちゃん連れて帰るのも大変だろうからって、店の近くのホテル取ったんだわ」

どうかしたのか、と覗《のぞ》きこむと、さりげなく視線を逸《そ》らされた。少し焦《あせ》ったような顔になった大智に、なんだろうと首を傾げた瀬里は、ふと胸元《むなもと》が涼《すず》しいことにいまさら気づく。

「あ……」

スポーツドリンクを飲むために起こしていた身体から、シーツがずり落ちていた。肌寒《はだざむ》さと羞恥《しゅうち》に身を竦《すく》め、慌《あわ》ててそれを引き上げると、気まずそうに大智が頬を掻《か》いている。

「えーっと、一応言っておくね。今日は下心ないから。脱がしたのも、汚れたからだし」

「わ、わかってます……」

双方《そうほう》赤くなりつつそっぽを向く。もういいかげん何度も肌を重ねたけれど、こういうなんでもないことのほうが妙《みょう》に恥《は》ずかしい。

「あ……服とか、どうなりましたか」

「ここ、ビジネスホテルに毛が生えたようなとこだからさ。クリーニングサービスはないんで、汚れたとこだけ風呂場《ふろば》で洗って干してある。丸洗いできるやつでよかったよ」

「うわー、すみません……」

なにからなにまで、と頭を下げれば、いいから、と頭を撫でられた。

「急性アルコール中毒になんなくてよかったよ。吐いたあと意識なくなったんで、心配した」

やさしい声に、やさしい手つき。迷惑をかけて申し訳ないと思うのに、もっと撫でてほしくて瀬里は顔があげられない。

「あの……俺、意識ないのにどうやってここまで来たんですか」

素朴《そぼく》な疑問を口にすると、大智はけろっととんでもないことを言った。

「ん？　だっこして」

「えっ!?　重くなかったんですか？」

「軽かったよ？」

そのままフロントを通ったのかと思えばかなり恥ずかしい。だが場合によっては救急車を呼びかねない事態だったと告げられれば、もうなにを言えもしない。

「もうほんとに、ごめんなさい……」

「もういいって、謝ってないで、寝《ね》ちゃえ」

額にキスを落とされて、赤くなる。シーツで口元を隠《かく》したまま瀬里がじっと見ていると、そのまま頬、鼻先と辿《たど》った唇《くちびる》が隠れた場所に触れてこようとしてはっとなった。

「だ、だめっ」

とっさに胸を押し返すと、大智はちょっと不服そうに口を尖《とが》らせる。

「なんで？」

「さ、さっき吐いたんですよね？　口、ゆすいでないし……」

「俺、気にしないけど」

「俺が気にします！　うがいしてきますっ」

焦ってベッドから降りようとしたけれど、足をおろしたとたんにくらりとなる。

「あ、わ」

「こら、急に動いたら危ないだろ」

苦笑した大智が抱きとめてくれて、長い腕《うで》の中におさまってしまった。キスを拒《こば》んだというのになんだか上機嫌《じょうきげん》で笑っているから「あの」と瀬里は腕の中からおずおず見あげる。

「なに、笑ってるんですか？」

「んん？　だって吐いたからキスいやなんだろ。でもそれでうがいしにいこうとしてただろ」

つまり、キスする準備をしようとしてくれたんだろうと指摘《してき》され、そのとおりだった瀬里は真っ赤になった。

「だ、だって……汚《きたな》い口だと、やでしょう」

「気にしないって言うのに」

「でも……」

大智とキスをして、舌を入れられずに済んだことなどまずないのだ。さきほどドリンクを飲んで口腔《こうこう》はさっぱりしているものの、やはり気持ち的に不快なのではないかと思う。

「やっぱり、うがいしに行きます」

「頑固《がんこ》だねえ。ま、いっか。連れてってあげる」

「ひ、ひとりでい……っ、わ、わわ」

ひょい、と横抱《よこだ》きにされて目が回る。とっさにしがみついたのは大智の広い肩で、鼻歌でも歌うような勢いで長い脚《あし》は進み、あっという間にバスルームにおろされた。

「じゃ、済んだら呼んで。また運ぶから」

「ひとりで歩けますっ」

恥ずかしいから勘弁《かんべん》してくれとわめいて、瀬里はドアを閉めた。

(あ、ほんとに洗ってある)

洗濯《せんたく》用ロープを張った上に、瀬里のボトムとシャツが干してあり、本当に面倒《めんどう》をかけたなと思いながら、備えつけのコップでうがいをする。だが、口の中がすっきりはしたものの、今度は身体に饐《す》えたにおいが残っている気がしてきて、思わずくんくんと腕のにおいを嗅《か》いでしまった。

「……大智さん、一回洗濯物、外に出していいですか？」

「んん？　なんで」

「お風呂《ふろ》、入ろうかと思って」

ひょこりとバスルームから顔だけ出して訊《たず》ねると、ベッドに腰《こし》かけて煙草《たばこ》を吸っていた大智はいきなり顔をしかめた。

「だめ。なに言ってんの。酔《よ》っぱらって吐《は》いたのに風呂なんか冗談《じょうだん》じゃない」

乱暴に煙草をもみ消した大智が、ずかずかと長い脚で近づいてくる。妙な迫力《はくりょく》に怯《おび》え、とっさに閉めようとしたドアは一瞬早く、強い腕に摑《つか》んで開かれた。

「あの、じゃあシャワーだけ……」

「それもだーめ。気持ち悪いなら身体拭《ふ》いてやるから、あきらめな」

「えっ、や、いいですっ……！」

それこそ自分でできる、と瀬里がぶんぶんかぶりを振《ふ》る。しかし、激しく頭を振りすぎて、またくらくらとなってしまった。

「あーほら、いわんこっちゃない」

「うう―……」

またも大智に支えてもらう羽目になり、情けない、と瀬里は涙目《なみだめ》になった。そのままたベッドまでお持ち運びされ、備えつけの浴衣《ゆかた》を肩《かた》にかけられた。

「冷えちゃってるから、これかけてな。すぐ蒸《む》しタオル作ってくるから」

「い、いいですほんとに」

「目眩《めまい》してるひとは遠慮《えんりょ》しないの」

つんと額をつかれ、じっとしてろと念押しをされた瀬里はもぞもぞと羽織った浴衣の前をあわせる。ほどなく大智はほかほかしたタオルを手に戻《もど》ってきたけれど、瀬里は襟元《えりもと》をぎゅっと握《にぎ》ったまま小さく縮まった。

「瀬里ちゃん、前あけて」

「やだ……」

「気持ち悪いんじゃないの？　ほら、さっぱりしてから寝たほうがいいだろ。さっきもそのつもりで、まだ浴衣着せてなかったんだし」

子どもでもなだめるような声で告げられて、それでも瀬里はうなずけない。ぎゅうっと身を縮めたまま頑固に黙《だま》りこむ瀬里に、大智は困った声を出した。

「あのさ……もしかして変なことすると思われてんの？　俺。誓《ちか》って言うけど、具合悪い子になんにもしないよ」

「ちが……そうじゃ、なくて」

「なに、どしたの？」

心配そうに目を覗きこまれ、瀬里は言えないと唇を嚙《か》みしめる。けれども、じいっとあの目で見つめられると結局は気持ちが負けてしまって、もじもじと脚をこすりあわせながら口を開いた。

「大智さんに拭いたりされるの、困ります…」

じりじり壁際《かべぎわ》に後退する瀬里を、大智はベッドに乗りあがって追いかけてくる。

「だから、どして。……ああ、まだ気持ち悪いのか？　触《さわ》ると吐きそう？」

「ちがっ……だから、逆っ」

もうわかって、と赤くなって声をうわずらせた瀬里が小さく叫《さけ》ぶように言うと、大智はきょとんとしたまま「逆？」と首を傾《かし》げた。

なんでこういうときばっかり察しが悪いのだろうと恨《うら》みがましくなりつつ、浴衣の襟元をさらにぎゅうっと握った瀬里は、やけくそのように言い放った。

「触られたら……き、気持ちよく、なっちゃう」

「あ？　え。……はいっ？」

「だから、だめ」

こっちに来ないで、と涙目で訴《うった》える瀬里の前で、ごくんと大智が息を呑《の》む。

「吐いたから、してくれないんでしょ？　下心、ない、んでしょう？」

「瀬里、ちゃん？」

「でもさっき……うがい、しました」

触るだけ触って、なにもされないなんて、そんなのつらい。でも、せめてキスはしてくれないかなと——思う瀬里は、まだ自分が酔っぱらっているという自覚が足りていなかった。

「……もしかして、まだ酔ってる？」

「キスだけ、してくれないですか？」

「つか、俺これは据《す》え膳《ぜん》食っていいの？」

「ねえ、大智さん……キス……」

かなり困りつつ、そのじつ相当喜びつつの大智の手が頰《ほお》に触《ふ》れて、して、と言う前に唇《くちびる》を塞《ふさ》がれる。きゅっといきなり舌を吸われて、力の抜《ぬ》けた瀬里の手から浴衣の襟がひらりと落ちた。

「あ、ん、大智さ……っ」

きゅん、と尖《とが》った乳首《ちくび》が、大智のかさついた指に撫《な》でられた。腰を抱いた手がつるんと滑《すべ》ったように、瀬里の小さな尻《しり》に触れてくる。

「我慢《がまん》しようと思ったのになあ……もう。なにこれ。下着だけだし、身体《からだ》ピンクでかわいいし、半端《はんぱ》に浴衣絡《から》んでるし」

「ん、ん、……もっと、撫でて」

なにやらぶつぶつと、瀬里にはわからないことをぼやきつつ、大智が脚を撫でまわしてくれる。気持ちのいい手がもっと欲しくて、瀬里は首筋に腕を回し、自分から身体をすり寄せた。

「もっと……いっぱい、触って」

「うあー……この天然、どうしてくれようかな、っとに」

「んーっんっ」

かぷっと唇に噛みつかれ、痛いと口を開けばうんと奥まで舌で撫でられた。そのころには大智の手は瀬里の下着の中に入りこんでいて、もうぬるぬるのそこを握っていたずらしている。

「はあ、ん、あんっあんっ……もっとぉ」

「あああ……俺はどういう忍耐試《にんたいため》されてんだよ」

「や、なに……わかんない、きもちい……っ」

ぐりぐりと先の部分を撫でる大智の唇に吸いついて、喋《しゃべ》るよりキスしてと瀬里はねだった。

「まあいいよ、今日は最後まではしないから……瀬里ちゃんだけ、いっちゃいな」

「あっあっ……え、や、やです……」

こんなに気持ちいいのに、そんな心配そうな顔をされたくない。もっといつもみたいに熱っぽく、強引《ごういん》なくらいにしてほしいのに。

喘《あえ》がされながら哀《かな》しくなって、瀬里は快感とは違《ちが》う涙でじんわり目を濡《ぬ》らした。

「……したくない、ですか？」

「いやそうじゃないんだけど……っ、だから、心配してんだってば！」

「平気ですっ」

そのあと、するしないで押し問答したあげくに大智のそれに触らせてもらった。

「おっきいの、に……」

「そりゃこんなことされちゃあ……なるでしょ」

でも入れるのはさすがにやめておこうと言われて、瀬里はさらにぐずった。

「じゃあ、じゃあ、大智さんの舐《な》めてもいい？」

「いやそれはもっとまずいだろっ」

きゅ、と大きなそれを両手で握ると、うあ、と唸《うな》った大智が声を裏返す。

「だって……入れないなら、それ、したい」

結局涙目になって、どうでも入れてと誘《さそ》ったのも瀬里だったのだが、大智はかなり渋《しぶ》った。

「いやでもほんとに、まずいし。また吐いたらどうすんの？　ときどき、おえってするだろ」

「吐かないから……」

めずらしくも冷静に、常識的なことを言う大智は、酔っぱらった瀬里の勢いに完全に飲まれているようだった。

「大智さん、ねえ、して？」

「ちょっ、あ……せ、瀬里ちゃんそんなことしながらそういうこと言われると、俺もやばいんだけどねえ……っ」

「ん、あ、あん！」

呻《うめ》いてきつく抱き寄せられ、まったくもう、と舌打ちをした大智に、お互《たが》いの性器をこすりあわされる。

「あっ……あっ……ぬるぬるする……っ」

「ったくもー……酔った瀬里ちゃんはなんでこうエッチかなあ。やっぱ初体験がどっかまずかった？　つうか俺意志弱すぎ？」

「や、ん、やめ、やめないで……こっちも」

お願いお願いと繰《く》り返して、ようやくうしろに触ってもらうころには瀬里ももう限界で、大智の指に奥をいじられながら彼のそれと自分のものを握りしめたまま、いってしまった。

「あっあっ……んー……！」

ぶる、と震《ふる》えて大智にしがみつくと、指のあたる角度が変わる。ソレがひどくよくて、もっとと腰を揺《ゆ》り動かし、まだ終わっていない大智の性器を濡れた手でしごいた。

「ね……きて、いれて……？」

「……負けました」

もう意志薄弱《はくじゃく》でもかまいません、と唸るような声を発した大智に覆《おお》い被《かぶ》さられ、そこからは瀬里の意識はまた、途切《とぎ》れてしまった。

＊　＊　＊

翌日、もともと休みを取っていた店長以外は平常営業となったブルーサウンド本店では、真雪の元気な声が響《ひび》き渡《わた》った。

「うおいーっす。大智おはよ。瀬里は？」

「……今日は欠勤。宿酔《ふつかよ》いで」

「あっちゃ。やっぱりか……つかあんたも、なに疲《つか》れた顔してんのよ」

「でっ……!!」

容赦《ようしゃ》のない真雪が高い位置にある腰を叩《たた》くと、たいしたこともないはずなのに大智は呻いた。

「なに腰押さえてんのよ。……つかあんた、まさかよっぱの瀬里に無体したんじゃ」

「されたのはこっちだ……っ」

「ええっ、嘘《うそ》！　まさか掘《ほ》られたの⁉」

「されてねえ！　おっそろしいこと言うな！」

ビジュアル的にいやだと顔をしかめた真雪に、想像するのも寒いだろうと大智も口をひきつらせる。

「……結局ゲロった瀬里ちゃん抱いて運んだら、落っことしそうになって腰に来たんだよ」

「なぁんだ、じじむさいの」

しょうもないオチだという真雪を見送る大智の目には、げっそりとした色が浮《う》かんでいる。

「寸止めって、そりゃねえだろ……」

さんざん誘ってこちらの自制心を吹《ふ》き飛ばしておきながら、瀬里は結局挿入《そうにゅう》直前になってこう呻いたのだ。

——やっぱりきもちわるい。吐《は》く。

そうして口を押さえた瀬里を大あわてで浴室に運ぶ途中《とちゅう》、大智はバランスを崩《くず》して腰を痛めかけた——というわけで。

当然そのあとは、未遂《みすい》のままだ。悶々《もんもん》とする大智の前で瀬里はことんと眠《ねむ》ってしまい、あげく目覚めてもなにひとつ覚えておらず、頭が痛いと今日は欠勤。

むろん哀《あわ》れな彼が悪いわけでは、ないのだが。

「……宿酔い直ったら、見てろよ」

寝不足《ねぶそく》と欲求不満《よっきゅうふまん》にぎらりと目を輝《かがや》かせた男の不穏《ふおん》な呟《つぶや》きは、湘南の海だけが聞いていた。

END

あとがき

ルビー文庫さんでは、ちょっとおひさしぶりです。こんにちは、崎谷《さきや》です。

今回はブルーサウンドシリーズの番外編集として、短編～中編を収録させていただいております。同時発行で『波光より、はるか』という短編集も出ておりますので、そちらもどうぞよろしく。ちなみにタイトルは、『ブルーサウンド』を日本語にしてもじりました（笑）。

さて、こっちのあとがきはページ数がないので（笑）さくさくと、作品別に簡単な紹介《しょうかい》をさせていただきます。じつは時系列がけっこうごちゃごちゃなのです……。

【夏恋ＫＩＳＳ―嘉悦《かえつ》×藤木《ふじき》編―】シリーズ第一作『目を閉じればいつかの海』の嘉悦×藤木ラブラブ話。時系列的には、『目を～』本編 終了《しゅうりょう》から半年以上は経過しております。

【夏恋ＫＩＳＳ―大智《だいち》×瀬里《せり》編―】シリーズ第二作『手を伸ばせばはるかな海』の大智×瀬里のお話。こちら、タイトルも呼応しているので嘉悦×藤木編と同時期に思えるかもですが、じつは瀬里が大学卒業しているので、時期的にはかなり未来の話です。

【無条件幸福】シリーズ第四作『振り返ればかなたの海』山下《やました》×一葡《いちほ》の文庫本編終了から、一年くらい経過している時期の話です。すっかり落ち着いているカップルの、のほほん話。

【胸を焦がせばあえかな海】は小冊子『ロマンスをください』より掲載作《けいさい》を改稿《かいこう》しました。オールキャスティングになっていますが、メインはシリーズ第三作の『耳をすませばかすかな海』の和輝《かずき》×笙惟《しょうい》です。そして、当時の小冊子が連続刊行の企画《きかく》に則《のっと》ったものだったので、企画のなかの一冊だった『白鷺《しらさぎ》シリーズ』より、志澤《しざわ》と藍《あい》が出張しています。最初はここ、削《けず》ろうと思ったんですが、どうも削ると話のニュアンスが変わる部分も出てきたので、担当さんと相談のうえ、ゲスト出演OKとなりました。

駆《か》け足で簡単に解説させていただきました。いずれもとにかくイチャラブエロス、という感じですが、楽しんでいただけると幸いです。

ページ数少ないので、こちらのあとがきはおしまい。雑感などは同発の『波光より、はるか』のほうで語らせていただきます。

イラストのおおや先生、担当さま、協力してくれた友人たち、皆様《みなさま》本当にお世話になりました。細かいお礼はもう一冊のほうにて（笑）。

最後に、この本を手に取ってくださった皆様、もしシリーズで知らない本があって、これをきっかけに読んでいただけたなら、とても嬉《うれ》しく思います。

〈初出〉
「夏恋ＫＩＳＳ―嘉悦×藤木編―」　同人誌掲載作を改題・改稿
「夏恋ＫＩＳＳ―大智×瀬里編―」　同人誌掲載作を改題・改稿
「無条件幸福」　個人サイト掲載作を改稿
「胸を焦がせばあえかな海」　三ヶ月連続刊行記念小冊子「ロマンスをください」より掲載作を改稿

KADOKAWA RUBY BUNKO

ただ青《あお》くひかる音《おと》
崎谷《さきや》はるひ

角川ルビー文庫　R83-24　15969

平成21年11月1日　初版発行

発行者——井上伸一郎
発行所——株式会社角川書店
東京都千代田区富士見2-13-3
電話/編集(03)3238-8697
〒102-8078
発売元——株式会社角川グループパブリッシング
東京都千代田区富士見2-13-3
電話/営業(03)3238-8521
〒102-8177
http://www.kadokawa.co.jp
印刷所——暁印刷　製本所——BBC
装幀者——鈴木洋介

ISBN978-4-04-446824-8　C0193　定価はカバーに明記してあります。

KADOKAWA RUBY BUNKO

角川ルビー文庫

いつも「ルビー文庫」を
ご愛読いただきありがとうございます。
今回の作品はいかがでしたか？
ぜひ、ご感想をお寄せください。

〈ファンレターのあて先〉

〒102-8078 東京都千代田区富士見 2-13-3
角川書店 ルビー文庫編集部気付
「崎谷はるひ先生」係

Mewo-Tojireba-Itsukano-Umi
抗いながらも、溺れていくしかない
——もどかしくも狂おしい、大人の恋
目を閉じればいつかの海
崎谷はるひ
イラスト／おおや和美
過去に一方的に別れを告げた相手・嘉悦と再会した藤木。再び愛を告げられるが、嘉悦の左薬指にはプラチナリングがあって——!?